Louisa Méonis est une passionnée. De lecture, bien sûr, de romances, surtout, mais aussi de fromage et de charcuterie. Après la série Betty, mêlant action, humour, romance, laissez-vous embarquer dans une nouvelle série fantastique.

Louisa Méonis

Crocs et sortilèges

Tome 1

Louisa Méonis
https://louisameonis.wordpress.com/

Crocs et sortilèges – Louisa Méonis
Octobre 2019

- *1* -

Il y a des instants dans la vie que l'on ne préférerait pas vivre.
Là, c'est l'un d'eux !

Debout, dans l'encadrement de porte de la chambre à coucher que je partage avec mon fiancé, Greg, je reste spectatrice d'une scène pour le moins… inconfortable.
En effet, je suis figée, une boîte de pâtisseries dans les mains, tandis que les fesses poilues de Greg se balancent d'avant en arrière et que son meilleur ami est à quatre pattes sur mon lit.
J'adorais ces draps, me dis-je tout à coup, perdue dans mes pensées. Beiges avec des dégradés un peu gris sur les côtés et les taies d'oreiller assorties. Je les avais achetés en promo à Ikea. Je me souviens de cette journée comme si c'était hier. D'ailleurs, c'était il y a deux semaines, donc ce n'est pas si vieux non plus.
J'avais traîné Greg dans le labyrinthe mobilier made in Suède avec la ferme intention de redécorer notre minuscule appartement parisien. Appartement, qui n'en a que le nom car niveau mètre carré c'est davantage une cage à lapin.
Mais j'y tenais, c'était presque devenu une obsession, comme une volonté de marquer mon territoire, et de dire : « ceci est ma cage à lapin parisienne ».
Finalement, après plus de quatre heures de déambulations proches d'un camp de survie en milieu très hostile, nous étions sortis victorieux, avec cette magnifique parure de draps. Moins vingt pour cent, un bonheur parfait pour un couple de jeunes fiancés qui pouvait admirer un ciel presque sans pollution atmosphérique et un périphérique à la circulation fluide.

Paul émet un grognement qui me ramène au présent.
Un présent où j'ai mis près de deux heures pour rentrer du travail car Paris est à nouveau victime d'un pic de pollution, et, où j'ai retrouvé mon fiancé en train de sodomiser son ami sur mes draps chouchous. Heureusement, le temps est assez clément pour un mois d'octobre, donc je ne me suis pas prise la pluie.
Ma mère me disait que le solstice d'automne annonçait toujours de grands changements. Je ne peux que lui reconnaître qu'elle n'avait pas tout à fait tort. J'aurais tout de même préféré qu'il ne touche que les températures, rende le port du collant obligatoire et qu'il foute la paix à mon couple.

Paul se cambre et je m'interroge. Je ne sais pas ce qui est le pire dans toute cette histoire : surprendre celui avec qui j'avais prévu de faire ma vie en train de baiser son pote ? Ou que je me demande si les mêmes draps existent en d'autres coloris ? Ou encore, que ni Greg, ni Paul n'aient remarqué que j'étais présente ?
Il faut croire que même avec des talons de dix centimètres, je suis la discrétion incarnée. Quand je pense que Greg me faisait continuellement des remarques sur ma soi-disant propension à le réveiller tous les matins avec mes talons, je me dis qu'il a la baise plus lourde que le sommeil. Ou Paul a le cul magique, une sorte de casque antibruit pour pénis…

— Putain Léontine qu'est-ce que tu fous là ?
Ah on vient de me remarquer ! me dis-je quand Greg sort enfin son sexe des fesses de Paul aussi prestement qu'un hippopotame sur des patins à glace.
Son compagnon de crime saute du lit et se rhabille rapidement sans m'adresser le moindre regard. Ce que je comprends tout à fait. S'il m'avait trouvée à quatre pattes sur son lit avec une bite dans le cul, je me sentirais également un peu… gênée. Oui toute cette situation est excessivement… gênante !

Moi, plantée dans l'entrée de ma propre chambre, avec une boîte de gâteaux dans les mains tandis que Paul enfile son slip et son jean. Embarrassant.
— Tu n'étais pas censée rentrer vers 18 heures ? argumente mon fiancé en remettant son caleçon à l'envers.
— J'ai terminé plus tôt et je suis passée par la pâtisserie bio, je marmonne en continuant de me demander si ce serait bizarre si j'achetais les mêmes draps dans une autre couleur.
— OK, avant tout, je tiens à te dire que je sais à quoi tu penses et la réponse est non, lance-t-il, les deux mains en avant.
Je fronce mes sourcils blonds. Encore une fois, Greg est à côté de la plaque, car je suis quasi certaine qu'il ne sait pas à quoi je pense. À moins, que lui aussi ne s'interroge sur les possibles autres coloris de draps !
— Greg arrête et dis-lui maintenant, finit par parler Paul qui a terminé de se vêtir.
Me dire quoi ? Qu'il s'envoie en l'air avec son pote sur notre lit pendant que je suis au boulot ? Je crois que je l'ai compris. C'était visuellement très clair. Limpide même !

Ma journée avait pourtant si bien commencé.
Après plus de six mois de CDD on m'avait enfin proposé un CDI. Dans une entreprise que je hais et pour un poste que je déteste, mais c'était un premier pas vers quelque chose de mieux ! Quoique, je n'en suis plus si certaine pour ce mieux. Il avait tout de même beaucoup à voir avec mon fiancé qui aime sodomiser ses amis durant mon absence. *Non, plus certaine du tout...*

Silence.

— Léontine... commence Greg avant de se passer les mains sur le visage.
— Tu es gay, je lâche, comprenant un peu mieux notre relation.
J'ai rencontré Greg il y a cinq ans.

C'était lors d'une soirée, je venais d'avoir dix-huit ans. Il était beau à tomber par terre avec ses cheveux noirs légèrement ondulés et ses yeux noisette. Il était tellement gentil. J'avais perdu mes parents deux mois après. Mais Greg était là et m'a offert un toit où vivre. Il s'est occupé de moi et c'est tout naturellement que l'on prévoyait de se marier. Tout a été toujours si évident entre nous… Hormis au lit. *Cela aurait peut-être dû me mettre la puce à l'oreille,* me dis-je en grimaçant.
— Je… Oui, avoue-t-il dans un souffle.
Mon cœur se serre, et je me mords les lèvres dans l'espoir que cela retiendra mes larmes.
— On ne se mariera pas en juin.
— Non, Léontine.
Je soupire et finis par m'asseoir sur le lit avec ma boîte de gâteaux sans aucun produit transformé.
— Je ne savais pas comment te le dire, murmure-t-il en s'installant à côté de moi.
— On m'a proposé un CDI aujourd'hui. Je me suis dit que l'on pourrait enfin acheter notre placard à balai parisien, je souffle, perdue dans la contemplation de mes escarpins.
Greg s'assoit à côté de moi et commence à me caresser les cheveux doucement, comme à chaque fois que je suis triste. Sauf que là, je ne vois que ses mains qui harponnent les fesses de Paul et ça craint. Vraiment.
— Tu n'aimes ni vivre à Paris ni ton travail, Léontine.
— Je sais.
Mais pour toi, j'étais prête à faire semblant d'être heureuse, à être quelqu'un d'autre, j'ajoute pour moi-même.
— Et si tu voyais tout cela comme un nouveau départ ? commence-t-il en se levant.
— Je ne veux pas de nouveau départ, Greg. Je voulais…
T'épouser et porter tes enfants, je termine mentalement alors qu'il sort de la chambre.

Je regarde son cul moulé dans un boxer disparaître dans la salle de bain et je me dis que ce n'est pas le genre de conversation que l'on a en sous-vêtements. Il n'y a pas de bonne façon de se faire larguer, mais je suis certaine que dans le code de la rupture, il y a une clause vestimentaire. Pas de sous-vêtements, de costume d'Halloween, de combinaison en latex…

En bref, tout le monde devrait porter une tenue adaptée pour rompre. Quelque chose de classique et de simple qui ne fait pas d'ombre aux sentiments de l'instant.

— Tu as pris des éclairs au café ? me demande Paul en lorgnant ma boîte de pâtisseries.

Je l'avais complètement oublié celui-là !

En réponse, je lui tends ma boite.

Je ne suis plus à un éclair près. Il m'a volé mon mec et mes rêves, alors pourquoi pas mes pâtisseries ?! Il saisit le carton rose et s'installe sur le lit, les yeux brillants de gourmandise.

— Qu'est-ce que tu fais ? je m'écrie tandis que Paul s'apprête à mettre l'intégralité de l'éclair dans sa bouche.

— Tu m'as dit que je pouvais ! râle-t-il, la pâtisserie toujours suspendue au niveau des lèvres.

— Parce que je pensais que tu allais manger dans la cuisine comme quelqu'un de civilisé, pas engloutir ce pauvre éclair comme une brute sanguinaire, je lance, le regard mauvais.

Ma pauvre housse de couette en assez vu pour aujourd'hui ! je songe en la caressant du bout des doigts.

Paul soupire et remet l'objet délictueux dans sa boîte tout en m'observant, les sourcils froncés.

Abruti. Voleur de fiancé !

— Non, ce que tu voulais, c'était la sécurité, dit Greg en réapparaissant dans la chambre avec son téléphone et une boîte de médicaments.

Je ne dis rien. Je ne vois pas ce qu'il y a de mal à vouloir se marier, avoir des enfants et aimer le confort d'une vie sans surprise. Je le regarde tandis qu'il ouvre la penderie et sort la grosse valise rouge.

— Léontine, je t'aime. Pas comme tu le souhaites, ni comme j'aurais dû t'aimer durant cinq ans, mais je t'aime, continue-t-il en ouvrant la valise.
Il attrape mes vêtements et les fourre dedans sans délicatesse.
— Tu me mets dehors ! je m'écrie, scandalisée.
— Non, je t'offre une opportunité d'être heureuse. Je t'ai réservé un vol pour Seattle. Tu pars dans moins de trois heures. Ta tante est d'ailleurs ravie. Elle t'attendra à l'aéroport à ton arrivée.
— Mais quand est-ce que tu as fait tout ça ?
— Quand j'étais dans la salle de bain. Magie d'internet, dit-il en agitant son portable.
Magie, mon cul !
— Je ne peux pas aller à Seattle.
— Oh que si !
— Oh que non ! je rétorque en bondissant du lit.
— Donne-moi une seule bonne raison pour laquelle tu ne devrais pas aller à Seattle, dit-il en continuant de vider mon coin de penderie dans la valise.
Greg et son côté donneur de leçon ne vont pas me manquer ! C'est le genre de type relou qui fait un planning minute par minute quand on va à Disneyland. C'est chiant, et là je me retrouve à réfléchir à des arguments pour pouvoir rester dans mon appartement.
Rectification, son appartement. C'est lui qui paie le loyer et ce sont ses parents qui se sont porté garants. Merde.
— Mon travail !
Logique. On vient de m'offrir un CDI, je ne peux pas partir comme ça.
— Tu le détestes et ta tante t'a proposé un poste dans son agence. Argument non valable !
Une saloperie de poste dont je ne veux pas, et il le sait !
— J'ai perdu mon passeport !
— Il est dans le tiroir du bureau, dit-il en allant le chercher et le fourrant dans mon sac à main au passage.

— Parce qu'il faut que je prenne l'avion ! je sors comme si c'était d'une logique imparable.
Il sourit et agite une boîte de médicaments sous mes yeux.
— Ce sont les cachets de ta mère ! je souffle ne comprenant pas où il veut en venir.
— Paul, arrête de manger et va chercher une bouteille d'eau dans le frigo s'il te plaît.
Je me tourne vers lui, et la colère monte en moi. Je hais Paul. C'est un criminel !
La boîte rose est presque vide et des miettes de sa culpabilité évidente salissent mes jolis draps. Il se lève et détale comme s'il avait les flammes de l'enfer aux fesses.
— Je déteste Paul, je souffle, le regard toujours rivé dans la direction qu'il a empruntée.
— Ce n'est pas nouveau et ce n'est qu'une raison de plus pour que tu partes à Seattle, me dit Greg, qui a maintenant fermé la valise et qui trafique je ne sais quoi sur son portable.
— Que tu sois gay passe encore, mais… Paul ?! Tu aurais quand même pu trouver mieux !
— Ton Uber arrive dans trois minutes, Léontine.
Paul apparaît comme par magie à ce moment-là et me tend la bouteille déjà ouverte tout sourire.
— Avale ça, m'ordonne Greg en me donnant un cachet.
— Vous voulez m'empoisonner parce que j'en sais trop ?
— Ce n'est pas l'envie qui me manque, souffle Paul.
Connard.
— Je sais que tu as peur de l'avion, c'est juste un petit quelque chose pour t'aider.
— Greg, je ne veux pas y aller et ces cachets vont certainement me tuer, je murmure en ravalant mes larmes.
— Léontine, tu es restée cinq ans avec un homme que tu n'aimes pas et qui est gay. Tu détestes ton travail et tu n'as nulle part où aller. Je sais que tu es terrifiée à l'idée de prendre l'avion mais ta vie à Seattle ne pourra pas être pire. Tu seras avec ta tante et tu trouveras

probablement l'amour. De plus, ce sont des cachets aux plantes qui sont censées te relaxer, non te tuer, finit-il en me mettant une gélule rose dans la paume de ma main.
— Tu as tort Greg, je commence avant de l'avaler avec un peu d'eau. J'étais avec toi parce que je t'aime, je termine en attrapant la valise et le sac à main que me tend Paul, victorieux.
Je n'ajoute rien et je quitte l'appartement en pleurant silencieusement. Il était tout pour moi, alors que finalement je n'étais rien pour lui. À peine ai-je le pied sur le trottoir que le conducteur d'une berline noir m'accoste :
— Vous êtes Léontine.
Pour toute réponse je hoche la tête et l'observe ranger ma valise dans son coffre. Je m'installe sur la banquette arrière et sursaute lorsque mon portable vibre. Abasourdie, je scrute l'écran. Greg vient de m'envoyer mon billet sans un mot de plus.
Il a raison, plus rien ne me retient à Paris, me dis-je en fermant les yeux.

– 2 -

— Mademoiselle, nous sommes arrivés, m'avertit le chauffeur.
J'ouvre mollement les yeux et essuie machinalement ma bouche. Il me faut bien quelques secondes pour émerger et me souvenir des derniers évènements.
— Putain, je lâche en me rappelant Greg, les fesses de Paul, mes draps salis, mes pâtisseries volées, mon exil forcé.

J'ai besoin d'air… J'ai besoin de sortir de cette voiture…

Complètement à l'ouest, j'ouvre la portière et m'étale lentement par terre. Oui lentement. Comme si j'étais un chewing-gum à peine mâchouillé et encore bien élastique.
— Est-ce que vous allez bien ? me demande une voix masculine, grave.
En réponse, je lève le pouce droit en l'air. Je rabats mes genoux pour sortir mes pieds qui sont toujours dans l'habitacle de la voiture et je rampe comme une chenille en fin de vie. Je suis stoppée dans ma progression étrange par deux grosses mains qui me saisissent sous les aisselles pour me mettre debout.
Mes escarpins trouvent enfin le sol et j'en profite pour écarter mes cheveux qui masquent ma vue et qui se sont faufilés dans ma bouche. Je les plaque maladroitement sur le haut de mon crâne et mon souffle se coupe lorsque mes yeux croisent un regard d'un bleu incroyable.
— Mon fiancé est gay, je marmonne, perdue dans un océan en pleine tempête.
— Pardon, je n'ai pas compris, murmure-t-il avec un fort accent américain.

— Mon fiancé est gay, je répète plus fort et en anglais.
Il m'observe et semble prendre sur lui pour ne pas rire tandis que j'admire la fossette au coin de ses lèvres.
— Donc, j'avais bien compris la première fois. Et sinon, mis à part votre fiancé gay, vous vous sentez bien ?
— Je ne sens plus mes cheveux, je souffle avant de pouffer comme une idiote.
Mais pourquoi je ris ? Je ne sens plus mes cheveux, ce n'est pas normal... si... non... je ne sais plus trop.
— Je ne suis pas certain que vous soyez censée les sentir, murmure-t-il délicieusement.
Ce type ressemble à une pâtisserie appétissante... Il est probablement gay lui aussi...

Je sursaute lorsque le chauffeur pose ma valise et mon sac à côté de moi.
— Euh... bon voyage, dit-il visiblement pressé.
Il court presque se cacher derrière son volant.
Je regarde le Uber s'engager dans la circulation et soupire.
— Je vais être obligée de prendre cette saloperie d'avion, je désespère.
— Si vous ne souhaitez pas prendre l'avion, je peux vous appeler un taxi, me propose l'appétissante pâtisserie bien sexy.
Je tourne mollement la tête et me retrouve face à un torse moulé dans un T-shirt gris chiné. J'inspire une grande bouffée de son odeur, frotte le bout de mon nez sur ses pectoraux durs comme du béton et marmonne :
— Vous sentez comme une balade d'été en forêt.
Il se baisse, parcourt mon cou avec ses lèvres et murmure d'une voix rauque :
— Et vous, vous sentez la mûre.
Je lève le menton et rencontre à nouveau les plus incroyables yeux bleus que je n'ai jamais vus. *On dirait une mer des Caraïbes ou un ciel sans nuage, je n'arrive pas à me décider...*

— Vous êtes grand ! je lâche avec une moue étrange.
— Effectivement, me répond-il amusé avant de reprendre, vous ne me semblez pas dans votre état normal.
— Greg voulait être sûr que je prenne l'avion alors il m'a donné un des cachets de sa mère.

Silence.

— Elle boit beaucoup.
Son sourcil blond se relève.
— Et elle prend aussi pas mal d'anxiolytiques.
Fossettes au coin de sa bouche sensuelle.
J'ai envie de les toucher du bout de mon index mais je me retiens. Je suis une fille bien élevée.
— Votre fiancé gay vous a donné des comprimés pour être certain que vous preniez cet avion ?
— Il a préparé ma valise aussi.
Il se mord les lèvres et je me mets à sourire.
Je suis carrément stone !
— Il vous a menacée ? me demande-t-il les sourcils froncés.
— Non. Pourquoi m'aurait-il menacée ?
— Vous vous sentez obligée de prendre cet avion, donc il me semble normal de vous poser cette question.
— Vous êtes bizarre !
— Vous aussi, et vous ne devriez pas prendre un avion que vous ne souhaitez pas prendre.
Bon sang, tout ça est bien trop compliqué pour mon cerveau ralenti.
— Je… je crois que Greg a raison dans le fond. Il faut que j'arrive à vaincre cette peur idiote de l'avion… Mais soyons honnête, c'est tout de même étrange qu'un machin qui pèse plusieurs tonnes vole ! je termine en attrapant mon sac à main d'un geste vif et maladroit.
— Donc, Greg vous a donné des médicaments pour vaincre votre peur de l'avion ? Ou pour vous contraindre à faire quelque chose que vous ne souhaitez pas faire ?

— Vous posez toujours autant de questions ?
— Simplement aux jolies petites blondes qui me tombent dans les bras à l'entrée de l'aéroport.
— Je suis tombée par terre !
— Et si vous me répondiez ?
Je fronce les sourcils.

Silence.
Je regarde le bout de mes escarpins noirs, puis son large torse, je vacille un peu…

— Vous ne vous souvenez plus de la question, c'est ça ? me demande-t-il en posant sa main sur ma taille comme s'il avait peur que je m'effondre au sol.
Un frisson me parcourt du bout de mon chignon en fin de vie à celui de mes ongles d'orteils non manucurés. Ce type me donne chaud de partout. Il a l'air bestial. Je suis sûre que c'est le genre d'homme qui ne fait pas l'amour mais qui baise…
Pourquoi je pense à ça, moi ?
— Je vous accompagne jusqu'à l'enregistrement, décrète-t-il, posant son sac en cuir noir sur ma valise.
— Je vous trouve sexy mais un peu envahissant, je lance en le scrutant du bout de ses tennis à ses cheveux blonds en bataille.
— Et moi, je vous trouve sexy mais complètement shootée, rétorque-t-il en m'invitant à le suivre.
J'oscille dangereusement d'avant en arrière tout en le regardant bien trop fixement. Il est très grand, vêtu d'un T-shirt gris et d'un jean délavé. Il est musclé mais pas massif, et bon sang, il a vraiment une belle gueule en plus de son côté presque animal !
Je suis sûre qu'il peut faire jouir les femmes rien qu'en leur murmurant la météo.
— Vous mesurez combien ? je l'interroge comme si cette information était capitale.
— 1m94.

— Ah oui, vous êtes vraiment grand ! je souffle en me décidant de le suivre finalement.
— Où allons-nous, Léontine ?
— À Seattle, je marmonne.
— Ah bon ?
— Monsieur le géant n'aime pas Seattle ?
— Si, j'y vis en fait, donc c'est… une drôle de coïncidence.
— Ouais, je suis sûre que vous mentez, mais je m'en fiche du moment que vous ne me découpez pas en morceau dans les toilettes qui puent de l'aéroport.
— Qu'est-ce qu'il vous a donné comme médicament votre fiancé gay ?
— Ex-fiancé. Maintenant, il est avec Paul, mes pâtisseries et mes draps beiges.
— Ex-fiancé, logique, souffle-t-il tandis que je farfouille dans mon sac à main à la recherche de la boîte de médicament.
Je lui tends et il la saisit pour la regarder de plus près.
— Oui, logique. Cinq ans, aucun orgasme et il aura fallu que je le trouve avec sa bite dans le cul de Paul pour comprendre qu'il était homosexuel, je sors en reprenant mon chemin.
— Waouh !
— Oui, je sais ça ne se fait pas de dire bite et cul, mais je suis un peu… pas dans mon état normal, dis-je, en accompagnant mes paroles d'un geste de main bizarre.
— En réalité, c'est le fait que vous n'ayez eu aucun orgasme en cinq ans qui a retenu le plus mon attention.
— Moi c'est le fait qu'il voulait toujours que je me mette à quatre pattes qui aurait dû retenir mon attention !
Il se passe une main sur le visage, visiblement déconcerté.
— Nous sommes arrivés, je marmonne en voyant le panneau d'accueil de la compagnie aérienne.
Le géant blond ne dit rien et tire ma valise jusqu'au guichet.
L'hôtesse le déshabille du regard avant de se décider à ouvrir la bouche.

— Monsieur, madame, nous salue-t-elle.
— Mon fiancé gay m'a mis dehors et m'a pris un billet pour aller à Seattle.
Silence.
Le regard de l'hôtesse oscille entre moi et mon porteur non officiel de valise.
— J'ai le lien sur mon téléphone, j'ajoute.
— Il me le faudrait, ainsi que votre passeport, finit-elle par dire avec un sourire faux.
Je n'aime pas les personnes qui font genre « je suis sympa » alors qu'elles ne le sont absolument pas ! Moi, je dis que si elle ne veut pas sourire, elle ne devrait pas, je songe en fouillant dans mon sac.
Je trouve ledit passeport mais pas le téléphone.
— Je crois que j'ai perdu mon portable, je souffle en tournant sur moi-même.
— Il est dans votre main ! s'exclame-t-elle, perdant visiblement patience mais toujours avec le sourire.
— Ah ! je m'écrie avant de le lui tendre.
— Il faudrait me le déverrouiller.
Je pouffe comme une bécasse et je le reprends. Au bout de la troisième tentative, le billet électronique apparaît enfin. Je le donne à nouveau à l'hôtesse. Elle le saisit, tape sur son clavier, met une étiquette sur ma valise qui est déjà sur le tapis et me rend mon passeport, mon téléphone ainsi que mon billet avec un sourire crispé.
— Si tu allais t'asseoir Léontine… j'arrive, me dit le grand type bien trop sexy.
Je grimace et décide que j'ai besoin d'un verre.
Je ne bois jamais, je ne supporte pas l'alcool. Mais aujourd'hui, je sens que j'en ai besoin pour oublier Greg, l'avion que je vais devoir prendre, ma vie et mes rêves éclatés en mille morceaux. Je confirme, j'ai besoin d'un verre !
Je zigzague donc en direction du bar.
— Un whisky sans glace, je lance au serveur en m'asseyant dans un siège avec la grâce d'un ours sur des patins à roulettes.

Je pose mon front sur la table collante et ferme les yeux.
Je hais prendre l'avion. Je hais Greg. Je hais Paul.
Comment ai-je fait pour ne pas remarquer qu'il était homosexuel ?

Un bruit me fait sursauter.
Je lève la tête et vois le serveur avec mon verre. Je me tourne, prête à fouiller dans mon sac à la recherche de mon portefeuille mais un billet de vingt euros apparaît devant moi. Je remonte le bras bronzé et musclé du regard.
Le géant blond est de retour.
— Je pensais que vous m'attendriez sur le fauteuil que je vous ai montré, pas dans un bar, me dit-il.
Mais qu'est-ce qu'il raconte ?! je me demande, les sourcils froncés.
Le serveur saisit son billet, rend rapidement la monnaie et détale.
— Mais pourquoi vous êtes là ? je lance en m'affalant dans ma chaise.
Il se penche, positionne ses deux grosses mains de chaque côté de la table et plonge ses incroyables yeux bleus dans les miens.
— Léontine, êtes-vous certaine de vouloir prendre cet avion ? m'interroge-t-il avec une voix grave à faire mouiller mon string en dentelle blanche.
— Moui, je miaule comme une petite chatte bien docile.
— D'accord, répond-il tout simplement avant de se redresser et de s'asseoir en face de moi.
Je le regarde, puis mon verre, encore lui, et finis par boire mon whisky cul sec. L'alcool brûle ma gorge, puis, c'est le trou noir.

– 3 -

Bouche pâteuse, mal de tête carabiné et filet de bave au coin des lèvres. En bref, combo gagnant spécial gueule de bois !
Je me passe avec lenteur une main sur le visage et essaie d'émerger de mon coma. J'ouvre un œil. La vision trouble, je le referme. Je masse doucement ma nuque douloureuse et ouvre à nouveau les yeux.
— Mais où est-ce que je suis… je souffle sous le choc.
Et là, c'est le drame, tout me revient tel le boomerang de la honte et du désespoir. Greg, le cul nu de Paul, mes draps, l'éclair au café, la valise…
— Putain de merde ! je lâche, complètement paniquée.
Je regarde partout et j'essaie de me dire que je rêve. Mais non, c'est un cauchemar ! Je suis dans l'avion ! Mais quand est-ce que je suis montée dans cette saloperie de tombeau volant ? Et est-ce que c'est le bon ? Parce que peu importe ma destination, j'y resterai ! Il est hors de question que je reprenne l'avion. Je n'arrive même pas à croire que je me sois laissée embarquer dans cette histoire.
Tout cela ne me ressemble pas…
— Enfin réveillée ! lance une voix grave à côté de moi.
Je me tourne et là, deuxième drame !
Le type gigantesque qui m'a ramassée dans la rue est assis à côté de moi ! Mes yeux ne savent pas où se poser. Son regard bleu azur amusé, ses fossettes… son entrejambe…
Je crois que je viens de me décrocher la mâchoire.
Mais ils sont combien là-dedans ?
J'avise ma main gauche mollement posée sur sa cuisse ultra musclée. Pas au niveau du genou évidemment (sinon ce serait trop simple), mais haut. Bien trop haut.

Je suis certaine qu'il peut tuer quelqu'un avec un machin pareil ! je songe scrutant toujours la bosse… que dis-je, c'est un roc ! … C'est un pic ! … C'est un cap !
Que dis-je, c'est un cap ?... C'est une péninsule !
Et voilà que je cite la tirade de Cyrano de Bergerac version pénis XXL maintenant.
Arrête de regarder, Léontine ! je m'ordonne la bouche encore ouverte.
Je lève mon menton, lorgne son torse large et grimace quand je constate la grosse tâche sombre et bien humide à l'endroit exact où se tenait mon visage. Super, je lui ai bavé dessus !
Je suis officiellement morte de honte !
Je ferme les yeux et enfin ma bouche pour me mordre les lèvres.
— Je suis désolée de vous avoir… bavé dessus, je murmure, au comble de la gêne.
Il m'observe avec un léger sourire et je me rends compte que mon souvenir vaporeux ne lui rendait pas assez justice. Il est incroyablement beau. On dirait un fauve prêt à dévorer sa proie. Magnifique, aux muscles puissants mais dégageant un sentiment de danger imminent. Ce type est un appel à la luxure ! Et il le sait. Ses longues jambes sont étendues devant lui et il a croisé ses bras aux muscles fuselés sur son torse carré. Il me détaille et je me sens encore plus mal à l'aise.
— Je suis désolée également pour… l'aéroport, j'ajoute avec une grimace.
— Ce n'est rien, je crois avoir compris que la situation était aussi inhabituelle que délicate.
— Je… oui. Je ne prends jamais de médicaments… je ne les supporte pas… c'est juste que… enfin bref, je suis désolée.
— Vous n'avez pas trop mal à la tête ? me demande-t-il en observant mon front.
Je fronce les sourcils et me rends compte que si, j'ai mal. J'ai le sentiment qu'un marteau me cogne le crâne. Je me passe une main sur le front et constate avec effroi que j'ai une énorme bosse.

— J'avoue que c'était très impressionnant !
— De… de quoi ?!
— Vous avez bu votre verre au bar et vous êtes tombée la tête la première sur la table. Je n'ai même pas eu le temps de réagir, m'explique-t-il en se retenant visiblement de rire.
J'ouvre puis ferme la bouche. Je hais Greg !
— Mais si j'étais inconsciente, comment suis-je montée dans l'avion ? je l'interroge en regardant encore autour de moi sans doute dans l'espoir d'avoir changé de décor.
— Je vous ai portée.
— Vous m'avez… mais vous êtes cinglé ! J'étais inconsciente… je veux dire… et comment on a pu vous laisser monter avec une femme comateuse dans vos bras ?
— Je vous ai demandé à plusieurs reprises si vous vouliez prendre cet avion, vous m'avez répondu par l'affirmative à chaque fois. Avez-vous changé d'avis, mademoiselle Léontine Marceau ?
— Comment connaissez-vous mon nom ?
— J'ai dû présenter votre billet et il était également indiqué sur votre valise.
— Vous êtes vraiment… bizarre !
— Dit la femme dont les premiers mots qu'elle m'a adressés étaient « mon fiancé est gay ».
— Je n'étais pas dans mon état normal ! je râle.
— Qui sait ? souffle-t-il amusé par cette situation.
— Mais enfin ! Je ne vous permets pas de me juger et vous n'aviez qu'à appeler la sécurité de l'aéroport si vous pensiez que j'étais une junkie !
— Je me suis dit que je pourrais gérer seul une petite blonde de cinquante kilos !
Je me mords l'intérieur de la joue et tente de trouver une répartie qui ne vient pas.
— Et qu'est-ce qui me dit que vous n'êtes pas un cinglé qui m'amène je ne sais où ?

Il se penche vers moi et je retiens ma respiration lorsque sa bouche frôle le dessous de mon oreille.
— Il y a un petit avion sur l'écran juste devant vous qui indique qu'il ne reste plus qu'une heure avant d'atterrir à Seattle, me chuchote-t-il.
Je me tourne vivement et le regrette instantanément puisque mes lèvres ne sont plus qu'à un souffle des siennes. J'avale avec difficulté ma salive et me demande pourquoi mon cerveau me répète « embrasse-le » en boucle. Sans compter que je suis un peu… bon d'accord, hyper excitée !
Je me liquéfie presque lorsqu'il prend avec délicatesse une de mes mèches blondes et la cale derrière mon oreille.
— Léontine, vous êtes une très belle femme, mais je crois que vous devriez arranger votre décolleté.
Je fronce les sourcils et il me faut quelques secondes de trop avant que sa phrase ne me monte au cerveau. Il s'écarte, me laissant pantelante, et je constate avec effroi que l'on voit mon soutien-gorge. Les pressions de mon chemisier blanc se sont défaites, offrant à tout le monde une vue imprenable sur mon balconnet en dentelle. Je saisis les pans de mon haut et les rabats, rouge comme une tomate trop mûre. Je tente de me lever mais je me rends compte après coup que j'étais attachée. J'essaie désespérément de me détacher avec une seule main, mais n'y arrive pas. Mon voisin bizarre et bien trop sexy pose sa main sur la mienne puis me détache avec de longs doigts experts.
Bordel !
— Je… merci, je bégaie en me levant pour partir aux toilettes qui se révèlent être évidemment dans la direction inverse de celle que j'avais d'abord prise.
Au passage, je tente de ne pas regarder mon voisin. Mais bien sûr je n'y arrive pas et je le vois m'observer avec beaucoup trop d'amusement à mon goût.
Mais c'est qui ce type ?! Il ramasse une fille dans la rue et l'emmène dans un avion en la portant… Non, mais sérieux quel genre de gars fait ça ? je m'interroge en attendant que les w.c.. se libèrent.

Un cinglé à n'en pas douter ! Un mannequin cinglé ! Ou bien c'est un acteur ?

Une femme sort et se fige en me voyant.
Je comprends pourquoi que lorsque je rencontre mon reflet dans le miroir des toilettes.
Nom de nom !
C'est apocalyptique ! Mes cheveux ressemblent à un habitat pour écureuil désordonné, ma bosse est bleu violacé et trône fièrement comme un troisième œil au milieu de mon front. Et je ne parle même pas de mon chemisier presque intégralement ouvert !
Je passe deux doigts sur la partie tuméfiée de mon visage et grimace de douleur.
Je vais tuer Greg ! Tout ça c'est de sa faute !
Et pourquoi j'ai pris ce fichu cachet ?
Je le sais pourtant que je ne supporte que l'homéopathie, mais j'étais tellement… *sous le choc,* je termine tristement en regardant mes mains qui enserrent la vasque du lavabo.

Je me sens lasse tout à coup.
Ma vie. Elle n'était pas parfaite mais c'était celle que j'avais choisie. J'aimais son confort, cet avenir tout tracé… Et maintenant, je suis dans un avion avec un aller simple pour une ville que je ne connais pas.
La dernière fois que j'ai vu ma tante, c'était il y a cinq ans pour l'enterrement de mes parents. Depuis, je l'ai eue par message ou au téléphone, mais rien de plus. Nos conversations se résument en général à un échange de banalités. Je n'ai jamais été particulièrement proche d'elle. Et moi, je vais me pointer dans sa vie comme ça !

Je sursaute lorsque j'entends que l'on frappe à la porte des toilettes. Je rattache mon chemisier, tente d'arranger mes cheveux et fronce les sourcils quand je me rends compte que je suis pieds nus. En plus,

mon collant n'a malheureusement pas survécu aux derniers événements.
Pitié, pourvu que je n'aie pas perdu mes chaussures, me dis-je en le retirant et le jetant à la poubelle.
J'arrange une dernière fois ma tenue, en lissant les plis de ma jupe en laine grise et sors enfin des W.C. Je croise le regard du vieux bonhomme qui attendait visiblement impatiemment que j'aie terminé, et je retourne à ma place sans un coup d'œil pour mon voisin.
Je fixe l'écran devant moi et n'ose pas bouger.
— Tout va bien petite Léontine ? me demande-t-il au bout de quelques secondes.
— Je ne sais pas trop, j'avoue.
— Vous avez fait le plus gros, il ne vous reste plus que trois quarts d'heure, dit-il doucement.
— Je ne faisais pas référence qu'à l'avion en fait, je lâche avec une grimace en regardant mes pieds nus.
— L'ex- fiancé gay ?
— Certes ! Mais à vrai dire, je pensais à mes escarpins.
Il se mord les lèvres et je rougis quand j'imagine mes dents à la place des siennes.
Mais bon sang, qu'est-ce qu'il me prend ?! *J'ai dû me cogner la tête bien trop fort !*
Il se penche, allonge son bras sous mon siège, frôlant au passage mes seins avec son biceps tendu. Mon cœur fait un bond dans ma poitrine. Mon corps se couvre de frissons et je crois mourir quand il me murmure :
— Pas de panique, Cendrillon.
Il me faut une seconde pour quitter le bleu intense de ses yeux et voir qu'il tient mes chaussures du bout des doigts.
— Merci, je miaule.
Il les pose, fait glisser ses doigts le long de mon mollet (bien heureusement épilé) jusqu'à mon genou.
Respire Léontine… Respire…

Il retire sa main et se réinstalle dans son siège comme si de rien n'était.
— Donc l'histoire des chaussures étant réglée, vous vous sentez mieux ? me demande-t-il avec une voix enrouée.
— Je ne sais pas trop, dis-je à nouveau complètement chamboulée. Mon cœur bat bien trop vite.
— L'ex gay ?
Je grimace. Cela me met mal à l'aise que quelqu'un que je ne connais pas en sache autant sur ma vie privée.
Je ne suis pas le genre de personne qui aime s'étaler.
Je n'ai même pas d'ami ! Tout mon monde ne tournait qu'autour de Greg. C'est d'ailleurs peut-être pour cette raison que tout cela me fait encore plus mal. Je n'ai… rectification, je n'avais que lui. Cette constatation me fait comprendre également pourquoi il a mis autant de temps pour me le dire. Il ne voulait pas me faire de la peine. J'en ai conscience, mais cela n'efface pas la douleur.

— Greg est un homme bien. C'est juste que j'aurais aimé connaître ses orientations sexuelles avant de planifier le reste de ma vie avec lui.
— Léontine, on ne peut jamais réellement planifier sa vie. On ne peut faire qu'une ébauche du chemin que l'on souhaiterait suivre.
Je tourne ma tête et l'observe les sourcils froncés.
— Vous êtes prof de yoga ou un truc dans le genre ?
— Non.
— Je ne sais même pas comment vous vous appelez ! je lance.
Bon sang, je raconte ma vie à un type que j'ai rencontré sur un trottoir !
— Alexander.
— Vous connaissez mon nom également, je sors.
— Bergström. Alexander Bergström.
— Vous êtes suédois ?
— Vous êtes bien curieuse !

— Vous m'avez amené droguée dans un avion, je crois que je mérite quelques informations sur vous.
— Des informations ?! répète-t-il en riant.
— Qui me dit que vous n'êtes pas un Ted Bundy !
— Vous pensez que j'ai le profil d'un psychopathe ?
— Ted Bundy était très beau et charmait ses victimes avant de leur faire subir d'innombrables atrocités.
— Vous me trouvez très beau ?
Je me sens rougir, puis blanchir. *Qu'est-ce qu'il m'a pris de sortir une chose pareille !*
— Je… oui… enfin je suis certaine que vous le savez !
Pathétique ! Je suis incroyablement pathétique !
Heureusement, il est fort probable qu'une fois descendue de cet engin de malheur je ne le reverrai plus jamais.
Il sourit et murmure :
— Vous êtes très informée sur le sujet « Ted Bundy ».
— J'ai regardé le film sur Netflix avec Zac Effron, je souffle, en lissant à nouveau les plis de ma jupe.
Ce qui est franchement inefficace ! On ne peut plus rien pour mes vêtements, hormis un bon passage en machine suivi d'un coup de fer.
— Je vois… Je suis suédois et j'aime camoufler mes victimes dans des meubles en kit ou les découper, puis laisser des consignes de reconstitution incompréhensibles.
Il se moque de moi.
Enfin, je crois, me dis-je soudain mal à l'aise devant l'intensité de son regard.
— C'est une blague, Léontine ! lance-t-il au bout de quelques secondes.
Silence.
— Je ne suis pas suédois, lâche-t-il en souriant.
Nouveau silence.
— Mon père était suédois. Il s'est… installé aux États-Unis et y a rencontré ma mère.

Pourquoi a-t-il fait une pause dans son histoire ? Je n'ai pas l'impression que c'est la vérité du coup. Son père était peut-être recherché et il s'est enfui aux États-Unis. Il y a rencontré l'amour de vie et n'a plus jamais emprunté le mauvais chemin, me dis-je élaborant déjà malgré moi un téléfilm pour M6.
— Je ne découpe pas les gens en morceaux, me dit-il finalement.
— J'avais compris !
— Je suis un homme charmant, ajoute-t-il.
— Un homme charmant qui ramasse les filles sur le trottoir et les embarque inconscientes dans un avion !
— Je ne ramasse que les jolies blondes aux yeux violets.
La midinette en moi se répète qu'il a employé le terme joli. Mais la tête de mule que je suis décide de feindre l'indifférence.
— Pourquoi allez-vous à Seattle ? je le questionne en croisant les bras sur ma poitrine.
Son regard se pose sur mes seins et remonte doucement sur mon visage.
Non mais j'hallucine ! Il se rince carrément l'œil !
Et pourquoi je me trémousse en ronronnant presque ?!
— De toute évidence j'ai le droit à un interrogatoire bien en règle !
— Vous savez bien trop choses sur moi, je me dois d'équilibrer notre échange.
— Je ne connais quasiment rien de vous.
— Vous éludez car vous ne souhaitez pas répondre ?
— Je n'ai rien dit de tel. Simplement, cela ne me semble pas très équilibré. Je vous propose de poser une question à tour de rôle, pas de joker évidemment.
Je me mords la lèvre. J'hésite. J'ai très envie d'en apprendre plus sur lui, car il titille ma curiosité.
OK, il titille plus que ma curiosité !
Mais (oui, il y a un mais !), je n'aime pas parler de moi et je ne sais pas quel genre de question il va me poser. Ce qui me dérange assez, j'avoue…

— Vous éludez car vous ne souhaitez pas me répondre ? me demande-t-il en répétant mes mots.
Il semble intelligent et je ne suis pas certaine d'aimer ça. Bon d'accord, j'adore ça !
— Je réfléchis. Je ne sais pas quel genre de question vous allez me poser et cela me perturbe.
— Rien qui ne soit déplacé, promis.
— D'accord, je conclus.
— Bien. Pourquoi allez-vous à Seattle ?
— Je rêve ou vous venez de me voler ma question ?
— Je n'ai rien volé, je me suis inspiré !
— Pourquoi ai-je le sentiment que vous êtes un gredin ?
— *Un gredin* ?! Qui emploie encore ce terme ! Vous avez quel âge ? 95 ans ?
J'ouvre la bouche, outrée.
— Je n'ai pas… J'aime bien ce terme !
— Oui, j'imagine que cela va avec votre chemise boutonnée jusqu'au menton !
— Je…
Je termine ma phrase par un grognement.
— Ne vous inquiétez pas Léontine, j'aime bien le style bonne sœur.
Je deviens carrément pivoine.
— Le style bonne sœur ?!
— Ça me donne envie de regarder ce qu'il se cache sous votre jupe en laine, finit-il en me déshabillant du regard.
— Je croyais que vous ne deviez rien dire de déplacé ! je geins la voix enrouée.
— Ce n'est pas déplacé, c'est réaliste, dit-il avec un putain de sourire en coin.
Je me tortille à nouveau sur mon siège avec le sentiment d'avoir le feu aux fesses.
Bordel, qu'est-ce qu'il m'arrive ? je m'interroge en regardant partout sauf dans sa direction.
— Alors Léontine, pourquoi Seattle ? me souffle-t-il dans le cou.

Je sursaute et me fige. Je ne bouge pas d'un pouce et pourtant mon cœur bat à la chamade.
S'il continue comme ça, je vais certainement mourir d'une attaque cardiaque avant la fin de ce vol.
— Ma tante y vit, je réponds avec une voix bizarre.
Il s'écarte avec un sourire satisfait.
Ce type ne va faire qu'une bouchée de moi ! J'ai l'impression d'être le petit chaperon rouge face au grand méchant loup !
— Donc d'après ce que j'ai compris ; vous avez trouvé votre fiancé en fâcheuse posture avec un dénommé Paul, puis il vous a gentiment envoyé chez votre tante ?
— Mouais, je grommelle mal à l'aise.
Il hoche doucement la tête comme s'il était perdu dans ses pensées et je ne peux m'empêcher de me demander ce qu'il pense de moi. Probablement que je suis une pauvre fille habillée en vieille fille ! Non mais qu'est-ce que je raconte, je ne suis pas habillée en vieille fille !
J'adore ma tenue, même si elle est froissée. J'ai un très joli chemisier col Claudine, une charmante jupe plissée en laine qui m'arrive un peu au-dessus des genoux et de très beaux escarpins à boucles.
Une tenue parfaite pour mon travail. Simple et classe.
Ce type n'a visiblement aucune connaissance en la matière avec son jean, son T-shirt qui moule à la perfection son torse puissant et tous ses muscles…

— Je vis en bordure de Seattle, dit-il au bout de ce qui me semble une éternité.
— Quoi ?! je lance coupée dans mes pensées.
— Vous m'aviez demandé pourquoi je me rendais à Seattle.
— Oui… effectivement, je souffle avant de reprendre, par contre vous avez triché puisque vous m'avez posé deux questions coup sur coup, je lui fais constater.
— La deuxième n'est pas une vraie question.
— Si la phrase est sous sa forme interrogative, je dirais que si !

Il se remue légèrement sur son siège et je le scrute croiser les jambes. Mes yeux tombent sur la toile tendue de son pantalon et je me demande qu'est-ce qui peut bien le faire bander dans notre conversation.
— Léontine, arrêtez de me regarder comme ça, c'est pire, dit-il tout bas en me fixant avec bien trop d'intensité.
J'avale avec difficulté ma salive et me mords la lèvre.
— Que faites-vous dans la vie ? je l'interroge avec une voix éraillée.
— Je suis informaticien.
— Ah bon ?! je m'exclame mi-surprise, mi-déçue.
— Je vous demanderai bien pourquoi vous semblez aussi étonnée, mais je ne veux pas gâcher une nouvelle question.
— Non mais… c'est juste, que je vous pensais mannequin ou quelque chose dans le genre, je sors gênée.
— Mannequin ou un truc dans le genre ! répète-t-il les sourcils froncés.
Militaire, bûcheron, voire acteur porno… mais pas informaticien !
— Et vous, Léontine, que faites-vous dans la vie ?
Je ferme les yeux et grimace.
Bon sang, j'avais oublié ! Super, génial, je n'ai plus de travail !
J'avais tellement galéré pour avoir ce fichu CDI, je râle intérieurement.
— Vous allez bien ?
— Je viens de me souvenir que je n'ai plus de travail et que je suis nulle en entretien d'embauche ! J'avais mis près de dix mois pour trouver ce boulot pourri et je me retrouve à la case départ, je termine en me couvrant les yeux avec mes mains.
— Si ce n'était pas le poste de vos rêves, vous ne devriez pas le regretter.
Je retire les mains de mon visage et lui jette un regard mauvais. Non mais c'est quoi ces répliques de merde ?! Il se prend pour le Dalaï-Lama version Dieu du stade ou quoi ?
— Vous aimez être informaticien ? je lui demande, ne sachant plus à qui est le tour de poser des questions.

— Oui, dit-il sans prendre le temps de réfléchir.
J'ai beau tourner la chose dans tous les sens je suis certaine qu'il n'est pas informaticien. Il dégage une aura de danger, il est sexy, mystérieux… non, il n'a rien d'un informaticien !
Je me passe à nouveau une main sur le visage, toujours un peu lasse par les médicaments.
— J'étais assistante de direction dans un cabinet d'avocat, dis-je finalement.
En fait j'étais plus secrétaire, j'ajoute. Une secrétaire qui classait des dossiers et répondait au téléphone, j'ajoute encore.
En gros, j'étais standardiste, je conclus avec une grimace.
— Visiblement ce n'était vraiment pas le poste de vos rêves, souffle-t-il en me scrutant.
— Non, j'élude.
— Et qu'est-ce que vous voudriez faire Léontine ? Après tout, une nouvelle vie s'offre à vous, vous pourriez peut-être atteindre vos rêves !
— Vous parlez comme un prof de yoga, je marmonne.
— Je parle comme un homme avisé, je dirai.
— Avisé ?! je répète.
— Vous ne connaissez pas ce mot ?
— Si, mais je suis presque sûre qu'il ne vous correspond pas !
— Il ne fait pas assez mannequin ou *un truc dans le genre* à votre goût ?
— Monsieur le géant se vexe facilement on dirait !
— Mademoiselle la chipie droguée a une langue bien pendue, on dirait !
— Chipie droguée ?! je répète outrée.
Il ouvre puis ferme la bouche et sort avec un grand sourire de connard :
— Je crois que je préfère quand vous dormez.
Abruti !
Je décide de répondre de façon très mature, c'est à dire, en boudant.

Bandante et exaspérante. Voilà une description qui sied à merveille à ma petite blonde de voisine.
Qu'est-ce qu'il m'a pris de la traiter de chipie ?
De chipie, je me répète comme si à force de le dire, le terme deviendrait moins bizarre.
Je n'emploie jamais ce mot. D'ailleurs, qui à part les mémés l'utilisent ? *Moi, de toute évidence !*
Il faut croire que le style institutrice sexy de Léontine déteint sur mon vocabulaire. Petite, blonde, menue, des yeux violets incroyables et surtout un sacré mauvais caractère. Qui aurait pu croire qu'un chemisier blanc, une jupe plissée bien trop longue et des escarpins noirs me mettraient dans un état pareil !
Je suis à l'étroit dans mon pantalon depuis que je l'ai aidée à se redresser sur le trottoir. Et c'est dur à bien des niveaux.
Et puis, cette odeur qu'elle dégage est addictive. J'ai beau essayer de me concentrer sur autre chose, il n'y a que Léontine et cette fichue odeur sucrée. Elle sent l'interdit, la fin de l'été et quelque chose que je n'arrive pas à définir.
Je soupire, la lorgne discrètement et me retiens de grogner. Elle m'agace. Je m'agace tout seul surtout. Je devrais être en train de réfléchir pour trouver des solutions afin de sauver mon clan ou au moins ruminer le fiasco de mon voyage en France, mais non. Je ne pense qu'au regard violet de ma voisine, à ses seins fermes et arrondis, à son petit cul à la courbe parfaite, à sa bouche rose et sensuelle… et cette saleté d'odeur qui me colle à la peau !
Sérieux ?! C'est quoi mon problème à la fin ?
Mannequin ? Elle trouve que je ressemble à un idiot qui pose en sous-vêtements sur des panneaux publicitaires !

Ce coup-ci, je grogne.
Elle se tourne, m'observe les sourcils froncés et retourne au choix de son film, comme si de rien n'était.
Je dois me calmer et arrêter de m'énerver tout seul pour cette histoire de boulot. Elle me trouve beau et c'est pour ça qu'elle pense que je suis mannequin. Voilà. Mais pourquoi selon elle, je ne peux pas être informaticien ?!
Alexander, stop !
Pourquoi je me prends la tête comme ça ?!
Je lui jette un coup d'œil, curieux de voir ce qu'elle va choisir comme film. Une comédie romantique. J'en suis sûr. C'est le genre de fille à chouiner dans son oreiller en dévorant du chocolat. En plus, elle vient de découvrir que son fiancé est gay, donc ça sent le film guimauve…
Comme des bêtes.
Elle est sérieuse ?! Elle a le cœur en miettes et elle a choisi un dessin animé avec des animaux qui parlent ?
Je me passe les mains sur le visage et décide de fermer les yeux. Comme ça, je ne serai peut-être pas tenté de l'espionner…
Bon sang, il reste combien de temps avant d'atterrir ?

– 5 -

— Tout va bien Léontine ? me demande Alexander alors que je ne bouge pas.
Je ne suis même pas certaine de respirer encore. Par contre, mon cœur bat vite. Trop vite.
— L'avion est au sol, donc il va falloir que l'on descende.
Je ne suis pas en mesure de parler ni de retirer mes ongles enfoncés dans les accoudoirs.
— Nous sommes les derniers.
Comme pour lui donner raison, le steward nous dit :
— Messieurs dames, nous devons quitter l'appareil maintenant.
J'entends mon cœur battre dans mes tempes. Je ne vais pas y arriver. Je ne peux pas bouger. Donc, je ne peux pas marcher. CQFD !
— Tout est fini, me souffle Alexander en retirant avec douceur mes mains des accoudoirs.
Il détache ma ceinture et me prend dans ses grands bras musclés. Je m'accroche à lui comme un koala en manque d'affection. Mes jambes bien calées sur ses hanches fines et musclées. Mes bras autour de son cou et mon visage enfoui juste au-dessous de sa tête. Je devrais avoir honte mais je tremble comme une feuille donc je m'en fiche. Je ne bouge même pas quand ses mains se posent sous mes fesses pour me maintenir contre lui. Il avance comme si je ne pesais rien et là, je me dis qu'il est sacrément en forme pour un informaticien. Je ferme les yeux, me concentre sur sa respiration, la chaleur qui se dégage de son corps, son odeur… *Qu'est-ce qu'il sent bon…*
— Merci, vous pouvez les poser ici.
— De rien, monsieur, lui répond la voix du steward.
Silence.

Il faut que je m'écarte de lui. Sauf que je n'y arrive pas ! J'inspire et souffle. Je ne connais même pas ce type et pourtant je m'accroche à lui comme Kate Winslet à sa planche au milieu de l'océan Atlantique.
— Léontine, nous sommes dans l'aéroport. Vous avez réussi, commence-t-il au creux de mon oreille. C'est fini, termine-t-il en posant délicatement ses lèvres sur le haut de mon crâne.
— Je… oui, je bégaie.
— Ma pauvre, vous tremblez comme une feuille, me dit-il en me caressant le dos.
— Je n'aime vraiment pas les avions.
— Je crois que tout le monde a compris quand vous vous êtes mise à hurler au moment de l'atterrissage.
— Je suis désolée, j'ai cru que l'on s'écrasait !
— Oui ça aussi tout le monde l'a compris puisque vous avez crié en boucle « On va tous mourir ».
— C'était pas très clair, je marmonne avant de frotter mon nez contre l'encolure de son tee-shirt.
Il sent l'été…
Il me serre contre lui et me chuchote :
— Léontine, je vais devoir vous poser.
En réponse, je hoche la tête, même si je ne suis pas certaine de tenir debout. Il ne bouge pas. *S'il compte sur moi pour le lâcher, le pauvre il n'a pas fini d'attendre*, me dis-je juste avant qu'il ne passe son index sous mon menton.
Mon souffle se coupe lorsque mon regard se confronte à ses yeux couleur océan.
« Bordel qu'il est beau » est la seule chose à laquelle je pense en cet instant.
— Léontine, je vous souhaite une très belle vie à Seattle et j'ai été plus que ravi de faire votre connaissance, me dit-il avec une voix légèrement rauque.
— Merci. Moi aussi, je miaule.

— Bordel, souffle-t-il avant de fondre sur mes lèvres comme un affamé qui vient de découvrir le buffet à volonté.
C'est violent et surtout le baiser le plus indécent que l'on ne m'ait jamais donné. Une main enfouie dans mes cheveux et l'autre sur mes fesses, sa langue pénètre ma bouche et caresse la mienne. Pas avec douceur, mais comme un prédateur dévorant sa proie. Il est sans pitié. Résultat, je gémis, frotte mon entre-jambe humide et douloureuse contre son membre dur comme du granit. Et lorsqu'il s'écarte, je me sens pantelante et surtout incroyablement excitée. Il me faut une seconde, voire deux, pour rouvrir les yeux.
Il n'est plus là. Je suis à bout de souffle et surtout assise seule sur un siège au milieu d'une rangée de fauteuils. Je regarde partout autour de moi et confirme. Il n'y a plus que moi, ma valise et mon sac à main. Le type, il vient presque de me faire jouir rien qu'en m'embrassant puis il s'est volatilisé !
— Madame Marceau ? me fait sursauter une hôtesse.
Je l'observe, l'esprit encore embrumé.
— Vous vous sentez mieux ?
— Oui. Je suis désolée pour…
Je ne termine pas, j'ai déjà bien assez honte de m'être donnée en spectacle tout à l'heure.
— C'est fini. Vous êtes arrivée maintenant, dit-elle avec un grand sourire.
— Je crois que ça n'étonnera personne si je dis que je ne suis pas prête de remonter dans un avion, je lance avec une moue en récupérant mon sac à main.
— Effectivement ! Souhaitez-vous que je vous accompagne au tapis roulant pour récupérer vos affaires ? m'interroge-t-elle.
— Je vous remercie, mais je vais y aller seule, je lui réponds en me levant, les jambes toujours un peu tremblantes.
— Je vous souhaite un bon séjour, alors, me salue-t-elle en partant.
Je hoche simplement la tête et vais récupérer ma valise en vacillant encore sous le choc de l'atterrissage. Ou du baiser, je ne sais pas trop. On ne m'avait jamais embrassée comme ça !

Alexander n'est définitivement pas gay.

J'arrive au contrôle des passeports et je cherche des yeux un grand blond parmi les quelques passagers présents autour de moi. Pas là. Douane passée. Valise récupérée. Toujours pas là.
Il s'est volatilisé !
Je devrais arrêter de le chercher, sauf que c'est plus fort que moi ! Bon sang, je viens de me séparer de l'homme avec qui je prévoyais de faire ma vie, je devrais plutôt pleurer sur mon triste sort. Mais non, mes lèvres réclament encore celles d'un étranger. *Quel genre de fille suis-je ?*
Rien de tout ça ne me ressemble. Prendre l'avion, embrasser un inconnu, me trimballer une valise que je n'ai pas préparée moi-même…
Mon cœur manque de trébucher.
— Maman, je murmure la gorge serrée.
Je me reprends, inspire et souris timidement à ma tante. J'avais oublié à quel point ma mère et elle se ressemblaient.
— Léontine, souffle-t-elle visiblement émue.
Elle ne me touche pas, elle n'ose pas et je l'en remercie. Je n'aime pas particulièrement les effusions et je trouverais cela étrange venant de ma tante que je connais sans connaître.
Une petite voix dans ma tête me murmure : « *ça ne te dérangeait pas quand c'était Alexander qui te tripotait. Pourtant, lui tu le connais encore moins !* ».
— Que t'est-il arrivé ? me demande ma tante, les yeux rivés sur ma bosse.
— C'est une longue histoire, je marmonne avec une grimace.
Elle ne relève pas et saisit ma valise avec un grand sourire.
— Je ne pensais pas avoir le plaisir de t'accueillir un jour, mais je suis excessivement ravie Léontine.
— Ce n'était pas… prévu, je réponds en tirant sur mon chemisier froissé mal à l'aise.
— Greg m'a téléphonée, avoue-t-elle.

— Quand ?
Entre deux parties de touche-pipi avec Paul ? j'ajoute mentalement.
— Après ton départ. Il tenait à me donner lui-même les raisons de votre séparation.
Silence gênant.
Même si nous nous appelions une ou deux fois par semaine depuis le décès de mes parents, j'ai toujours pris soin de conserver une partie de ma vie privée. Et voilà que cette magnifique frontière que j'ai pris soin d'ériger vient d'être démolie. Merci Greg !
— Il s'inquiétait pour toi et…
Elle ne termine pas sa phrase et se tourne les sourcils froncés. Je regarde dans la même direction et vois enfin Alexander. Il tient un sac noir sur son épaule et nous observe. Ou m'observe et ma tante l'observe pendant que lui m'observe… Il y a beaucoup d'observation en gros !
— Vous vous connaissez ? me demande-t-elle en me scrutant, inquisitrice.
— Plus ou moins, je réponds, de plus en plus mal à l'aise.
— Plus ou moins ? répète-t-elle suspicieuse.
— Nous étions à côté dans l'avion et… je lui ai bavé dessus, je termine en tirant sur mon chemisier dans l'espoir fou de retrouver un peu d'allure.
— Je vois, souffle-t-elle amusée.
Tant mieux pour elle parce que pour ma part toute cette histoire n'est pas très claire et je ne suis même pas certaine de pouvoir mettre cela sur le compte des cachets de mon ex-belle-mère.
— Allons-y, tu dois mourir de faim et je t'ai fait des tas de pâtisseries comme tu les aimes, chantonne ma tante en partant à travers l'aéroport avec ma valise.
Je cherche à nouveau Alexander du regard et je constate qu'il a disparu. Encore. Je me sens déçue, je ne le verrai plus jamais et j'aurais aimé lui dire au revoir.
Un dernier baiser… d'adieu, évidemment !

– 6 -

Je ressers mes mains sur le volant et grogne avant de grimacer. Rien dans ce voyage ne s'est passé comme prévu. Je devrais être en train de ressasser mes échecs, m'inquiéter pour mon avenir et celui de mon clan, pourtant… Je n'arrête pas de penser à Léontine, encore. La douceur de sa peau, de ses lèvres, à sa voix légèrement éraillée et incroyablement érotique. Bordel cet accent français !
Je réajuste mon jean trop serré et me traite mentalement d'abruti. Je ne la reverrai plus jamais et c'est mieux ainsi. *Je n'aurais pas dû l'embrasser. Je ne sais pas pourquoi je l'ai fait.* Résultat : j'ai envie de recommencer et accessoirement de lui arracher son chemisier. Et sa jupe. Et… en gros tout morceau de tissu qui me séparerait de son corps.
Merde ! Je dois me concentrer sur mon avenir, me dis-je, sur un ton résolu.
Sa tante vit à Seattle, ce n'est qu'à trois heures de route…
Remerde !
Je dois arrêter ça immédiatement ! Mon téléphone vibre. Je regarde le SMS et confirme, plus de Léontine. Mes « vacances » françaises sont terminées.
Et comme pour me rappeler que je dois rendre des comptes, j'ai déjà un message de mon grand-père m'annonçant qu'il m'attend chez moi au plus vite.
Je ne suis pas encore arrivé à mon chalet que j'entends ses reproches et ses inquiétudes.

Je soupire et ouvre la fenêtre. J'inspire une grande bouffée d'air frais où l'odeur de la forêt se mélange à celle de la pluie fraîchement

tombée. Je grogne à nouveau, mais cette fois de hâte de pouvoir délier mes muscles et courir à en perdre haleine.
Les poils sous ma peau se hérissent et l'animal qui m'habite me réclame déjà de le laisser sortir. J'accélère encore un peu avec l'espoir d'arriver plus vite que mon grand-père et ses gardes.
Trop tard.
Je me gare à côté de la Jeep noire et salue rapidement d'un geste de la tête les deux colosses de mon patriarche.
Sam court à ma rencontre et scrute comme un idiot l'intérieur de ma voiture.
— Tu es seul ! souffle-t-il avec une grimace au moment où j'ouvre ma portière.
— J'admire toujours autant ton esprit de déduction, je marmonne en sortant avec mon sac.
— Tu n'étais pas censé rentrer seul ! murmure-t-il entre ses dents.
Mon frère et sa perspicacité pourrie, c'est toute une histoire !
— Je suis au courant, je réponds, de plus en plus crispé.
Si mon grand-père est là, c'est qu'il l'est forcément lui aussi. Et re-remerde ! J'étais vraiment mieux avec ma petite blonde à l'accent bandant.
Je monte les quelques marches de mon perron, pousse ma porte et me contracte à l'instant même où mon regard croise celui de mon grand-père dans mon salon. Il est confortablement installé dans mon fauteuil et tient une bouteille de bière dans sa main tremblante. Je laisse mon sac à l'entrée, baisse la tête en signe de respect et attends qu'il m'invite à parler.
— Alexander, souffle-t-il avec la même intonation de voix que lorsqu'il me grondait enfant.
Il est furieux. Je ne dis rien et me relève pour lui faire face. Je ne suis plus un enfant et bientôt je prendrai sa place.
— Lorsque nous t'avons envoyé pour ce voyage en France nous nous attendions à une autre… issue.
— Elle avait plus de cinquante ans, dis-je.
— Je suis désolé, on ne m'avait pas donné son âge, avoue-t-il.

— Je crois que c'était voulu. Le clan Verchamps souhaitait que j'attende l'union pour la rencontrer.
— Tu as bien fait de ne pas attendre. Je suis juste…
— Mourant, je finis pour lui.
— Je ne suis pas certain de tenir jusqu'à la prochaine pleine lune, fils. Et si tu n'as pas d'épouse, tu sais ce qu'il se passera, termine-t-il, las de toute cette histoire.
— Julius prendra la tête du clan et me tuera ainsi que tous mes partisans.
— Il ne sera pas un bon chef.
— Je sais.
— Alexander, tu es juste et fiable. Le clan compte sur toi, dit-il avec une voix un peu tremblante.
— Julius a fait en sorte qu'il ne me reste plus aucune possibilité. Déjà que je n'en avais pas des masses, il a réussi par je ne sais quelle manœuvre à anéantir tous mes espoirs de trouver une louve convenable.
Je soupire, ne voyant aucune issue. Je crois bien que j'ai fait le tour du globe à la recherche de ma future femme. Et soit celles qui voulaient bien de moi étaient trop vieilles, soit c'étaient des cinglées.
— Je sais et c'est pour cette raison que je suis ici. Il nous reste La marieuse, murmure-t-il comme s'il avait peur que le simple fait de prononcer son nom à haute voix ne nous maudisse pour l'éternité.
— C'est une sorcière.
— Je sais, mais hormis les humaines, c'est notre dernière chance.
— Et je ne peux pas me lier à une humaine, elle ne survivrait pas. Mon loup est bien trop violent.
Il soupire et dit :
— La marieuse te trouvera une épouse.
— Mais à quel prix ? je grogne.
— Nous ne savons pas. Cela fait maintenant plusieurs générations que nous ne sommes plus en guerre, peut-être que cela jouera en notre faveur, dit-il la voix de plus en plus vacillante.

Je ferme les yeux. Cela ne me plait pas. Je ne connais pas cette femme et je n'aime pas l'idée de laisser ma vie et celle de mon clan entre les mains d'une sorcière.
— Nous n'avons plus le choix, gronde mon grand-père.
— J'irai, je déclare sûr de moi.
Ma mâchoire est crispée et l'animal en moi a de plus en plus de difficultés à se contenir.
— Samuel t'accompagnera en tant que témoin de moralité, lâche mon grand-père quand ses gardes arrivent dans le salon.
— Je ne pense pas que la sorcière apprécie que je sois accompagné.
— Tu n'auras qu'à dire que c'est un ordre venant de ma part, murmure-t-il en faisant signe à ses gardes de le ramener.
Je ne réponds rien et l'observe partir, plus affaibli que jamais.
Il a raison, je ne suis pas certain qu'il tienne jusqu'à la prochaine pleine lune. Je me tourne vers Samuel qui suit mon regard et partage ma tristesse.
À la mort de nos parents, Julius et son clan voulaient se débarrasser de nous. Les abominations. Mélange de loup gris et de loup blanc. Mais notre grand-père nous a sauvés et élevés dans le respect des traditions. Aujourd'hui, c'est à mon tour de prendre sa place et je ne laisserai pas mon clan se faire abattre sans rien dire.
— Je pense que tu as entendu, dis-je à Samuel une fois que nous sommes seuls.
— Merci d'avoir tenté de m'épargner la visite chez la sorcière ! lance-t-il avec un sourire en coin.
Il est visiblement tout aussi emballé que moi par cette perspective !
— Donc tu as failli épouser une femme de cinquante ans ?!
— Ouais et elle était drôlement déçue que je refuse.
— Bon sang, tu lui as donné quoi comme excuse ? Pas un truc du genre qu'elle était trop vieille ?
— Non, juste que je ne sentais pas… d'atomes crochus entre nous, je termine mal à l'aise.
— Tu lui as vraiment dit ça ?
— Mais qu'est-ce que tu voulais que je lui dise !

— Je ne sais pas à quel âge est la ménopause… tu avais peut-être encore toutes tes chances ?
Pour toute réponse, je récupère mon sac et monte les marches rapidement.
— Papi a raison, on ne va pas s'en sortir si tu fais le difficile ! crie Sam depuis le bas de l'escalier. Et puis elle devait avoir de l'expérience…
Je ne l'écoute pas plus et claque la porte de ma chambre.

J'ai besoin d'être seul.
J'ai besoin de me vider la tête et de courir.
Je me déshabille, ouvre ma fenêtre et me transforme en sautant directement dans le jardin derrière la maison. Les muscles de mes pattes se délient enfin et je cours dans les feuilles mortes qui signent le début de l'automne. Je fais de la forêt mon territoire et me sens bien. Moi-même. Rien ne m'arrête. Je cours toujours plus vite et laisse le loup qui m'habite prendre vie. Je devrais peut-être m'inquiéter de le voir prendre la direction de Seattle à la recherche de la douce Léontine. Mais je ne fais rien et décide de le laisser évacuer toute la tension retenue de ces derniers jours. Voire des mois.
Sauf que mes pensées ne sont jamais loin et que l'urgence de la situation ne me quitte jamais.
Et comment vais-je trouver cette sorcière ? je m'interroge en accélérant.
Je suis un loup-garou, donc par définition loin de toute source de magie. Je connais La marieuse de réputation et je sais qu'elle vit non loin d'ici. Mais j'imagine que je ne vais pas trouver son numéro de téléphone ou son adresse grâce à Google !
J'arrive aux abords de la rivière qui borde ma forêt et ralentis. J'y plonge mes pattes et bois en guettant les animaux environnants. Ils se cachent pour la plupart.
Comme la sorcière !

Peut-être aura-t-elle également la solution pour stopper le déclin de notre population ?
Une potion qui nous aiderait à enfanter ?
Cela fait tellement longtemps qu'aucune louve n'est née dans mon clan que j'en viens à me demander si cela arrivera à nouveau. La dernière née était ma mère. Et il en est de même chez les autres. Certains n'ont pas eu de naissance depuis plus vingt ans.
Nous devenons si peu nombreux que nous avons allié plusieurs clans afin de survivre. Mais l'avidité de certains, dont mon cousin, Julius, n'aide pas à la cohésion. Peu nombreux et désunis.
Heureusement nous ne sommes plus en guerre contre qui ce soit, sinon nous serions probablement perdus.

Parfois, je me dis que je devrais fuir cette cause perdue.
Je retrouverais Léontine, lui ferai croire que je suis un homme normal. Je l'épouserai dans la tradition humaine et lorsque le projet d'avoir des enfants se présenterait, nous adopterions. *Une vie calme et sans souci...*
Et surtout bien impossible. Elle est humaine et pas moi.

Je sais que je ne peux pas abandonner mon peuple. Il ne s'agit pas simplement de ma vie, mais de celle de mon clan. Ils m'ont choisi et comptent sur moi. À la prochaine lune, je serai le chef... si je trouve une femme !
Je pose mon arrière-train dans l'eau et regarde le soleil déclinant derrière les montagnes.
Il me faut juste une femme capable de survivre à une cérémonie d'accouplement avec le loup-garou que je suis.
Et merde, je suis foutu !

– 7 -

Les yeux toujours fermés, je m'enroule dans la couette légère et bien moelleuse du superbe lit king size de la chambre d'ami de ma tante. Je soupire de satisfaction et tente de chasser de mon esprit ma panique de la veille.
On ne va pas se mentir, hier, c'était l'horreur !
Dans l'aéroport, ça allait. Je ne supporte tellement pas les médicaments que le psychotrope de la mère de Greg faisait encore effet. Sauf qu'au fur et à mesure que nous nous rapprochions de chez ma tante, je sentais l'angoisse s'immiscer en moi comme un poison infectant mon organisme.
La pauvre Annabelle a tenté à plusieurs reprises de faire la conversation dans la voiture mais mes réponses n'étaient que des sons bizarres qui n'avaient pas le moindre sens. Et c'est d'ailleurs une fois que j'ai posé ma valise que la panique a sorti ses griffes et déployé toute sa puissance. J'étais tremblante et horriblement mal. Tout est revenu comme un boomerang dans ma figure cabossée et ma tête mal coiffée.
Le fait de trouver Greg avec son sexe (que je n'avais jamais vu aussi dur) dans les fesses de son meilleur ami. Puis sa pilule miracle qui m'a fait baver sur l'épaule de mon voisin de vol bien trop sexy et que j'ai laissé me peloter avec un peu trop d'entrain. L'avion.
N'épiloguons pas là-dessus, rien que ce terme me donne encore des sueurs froides.
Sans compter qu'avec tout ça, il y a les conséquences de mon expatriation non prévue.
Je n'ai plus de travail. Un compte en banque qui frise le découvert non autorisé. Je suis dans un pays que je ne connais pas. Dans une ville dont l'existence même m'était inconnue. Mon fiancé est en fait

gay et tous les plans d'avenir que j'avais élaborés, volatilisés…
Je me mets sur le dos et me répète mon mantra de la veille : inspirer, expirer.
Fiancé gay, expatriation forcée, vol de mes pâtisseries, voisin d'avion/kidnappeur bien trop sexy…
À croire que ma vie s'est transformée en comédie romantique en l'espace d'une sodomie sur mes draps fétiches !
Sauf que, je ne repars pas avec le beau gosse, que je suis officiellement chômeuse et que j'ai emménagé chez ma tante avec qui je n'ai pas vraiment pas d'atomes crochus.
Je hais Greg de me mettre dans une situation pareille.

J'ouvre les yeux et fixe le plafond, encore fébrile.
Hier soir, lorsqu'Annabelle m'a fait boire sa tisane relaxante, mis de la pommade sur mon front bossu, elle m'a conseillé de me concentrer sur les points positifs. Je n'ai plus ni pommade ni tisane, mais je peux toujours penser aux points positifs…
La maison de ma tante est une très bonne surprise ; type colonial, une décoration soignée et féminine, avec un magnifique jardin fleuri qui sent le jasmin… On se croirait dans un décor de film américain !
Ma nouvelle chambre fait la taille de mon appartement à Paris, donc très bon point encore.
Par contre, lorsque ma tante me parlait de sa vie et de sa maison à Seattle, je l'imaginais très innocemment à Seattle. Sauf que non ! La fameuse maison se situe dans une petite ville de moins de trois mille habitants à plus de trois heures de Seattle, avec option La-fibre-tu-peux-la-rêver. Charmant et surtout très isolé, correspondent parfaitement à la description du lieu. Sa maison n'est pas si perdue que ça, puisqu'Annabelle vit dans un quartier résidentiel. Par contre, pour la ville en elle-même, c'est une autre affaire. Un café, un bureau de poste, une école, une gare et… je pense que j'en ai fait le tour. Moi qui adore les sushis, je crois que j'aurais plus vite fait d'aller pêcher du poisson dans la rivière que de commander par Uber Eat.

En conclusion, mon avenir que je maîtrisais jusque-là est devenu incertain, mais j'aime la maison d'Annabelle.

Et j'avoue qu'hier soir, c'était agréable qu'elle s'occupe de moi. Je vais pouvoir être moi sans passer pour quelqu'un d'étrange, ainsi qu'apprendre à la connaître un peu plus qu'à travers nos conversations téléphoniques.
Nous ne sommes pas particulièrement proches, loin de là, mais elle a fait en sorte d'être toujours présente malgré la distance. Et je n'ai plus qu'elle. Mon père n'avait pas de famille et ma mère que sa sœur.
Ma mère était danseuse étoile, elle a connu mon père alors que sa troupe se produisait en France. Elle n'est plus jamais rentrée chez elle et n'a plus vu ma tante. Elles se parlaient souvent au téléphone et par courrier, mais d'aussi loin que je me souvienne Annabelle n'est jamais venue nous rendre visite. Et nous… l'avion était trop compliqué pour moi. Je me demande si ma mère le regrettait. En tout cas, elle ne m'en a jamais fait le reproche. *Elle ne m'a jamais rien reproché,* me dis-je tristement.
Mes mains commencent à trembler. Un poids énorme se forme dans ma poitrine et je combats mes larmes.
Ils me manquent tellement…
J'inspire et songe que peut-être qu'ici avec le dernier membre de ma famille toujours vivant je me sentirais moins seule.

Je passe mon bras gauche au-dessus de ma tête et grimace quand je me souviens tout à coup que je porte les mêmes vêtements depuis deux jours. Je ne sais pas ce qu'il m'attend dans cette nouvelle vie, mais dans l'immédiat je vais prendre une douche et me changer.
Je me lève plus ou moins décidée et souris dès que mes pieds s'enfoncent dans la moquette ultra moelleuse couleur crème. J'ouvre les lourds rideaux taupe et scrute la pièce un peu plus attentivement que la veille. On se croirait vraiment dans un décor de film américain ! Un grand lit plein de coussins, deux tables de nuit

blanches, un tapis qui rehausse les teintes beige et rose poudré de la décoration, les grandes fenêtres qui baignent la chambre de lumière…
J'en viens même à me demander ce que je fais là !
Rien de tout cela ne semble réel, me dis-je avant d'aviser ma valise dans un coin.
Je la récupère et la tire jusqu'au lit.

Je l'y dépose et quand je l'ouvre, un petit cri d'effroi s'échappe de mes lèvres.
Greg a tout jeté dedans, du coup mes vêtements sont tout froissés !
Je râle contre mon ex que j'ai de plus en plus envie de découper en morceaux, puis pars à la recherche de vêtements confortables. Au bout de quelques secondes, je dois me rendre à l'évidence, je n'ai ni sous-vêtements ni tee-shirts. Super ! Je me dirais bien que je vais avoir une bonne excuse pour aller faire les boutiques, sauf que mon compte en banque fait déjà la tête !
Je sors le pantalon de yoga et… c'est tout. Je me ronge frénétiquement l'ongle du pouce et me dis que je ne peux vraiment pas garder ma chemise qui a survécu à onze heures d'avion, de multiples crises de panique et une nuit agitée. Déjà parce que visuellement ça va être très moche, mais surtout parce que je sens mauvais !
Je sursaute lorsque l'on tape doucement à ma porte. Je l'ouvre sur ma tante qui ressemble toujours autant à ma mère à mon plus grand désespoir.
— Tout va bien ? Tu as bien dormi ? m'interroge-t-elle avec un léger sourire.
— Je… oui, le lit… enfin toute cette maison est incroyable, je réponds en me demandant si toutes les habitations aux États-Unis sont décorées comme dans les séries télé.
— Je te remercie, commence-t-elle avant de reprendre, je t'ai entendu faire un petit cri.
— Oh ! C'est juste que Greg a fait ma valise et dans sa précipitation,

il n'a pas mis de haut.
Je décide de garder l'histoire des culottes pour moi. C'est trop la honte. En plus si je n'en mets pas, personne ne s'en rendra compte. Enfin, je crois !
— Ce n'est rien, nous irons faire les boutiques tout à l'heure. En attendant, tu peux aller voir dans mon armoire si tu trouves ton bonheur. Fais comme chez toi, je vais aller préparer le petit-déjeuner pendant que tu te douches, dit-elle en partant déjà en direction des escaliers.
— Merci Annabelle, je lance sans être certaine que je parle du prêt de ses vêtements.
Elle se tourne et m'observe une seconde avec ses yeux semblables aux miens et à ceux de ma mère. Il faut croire que les femmes de ma famille sont toutes faites selon le même moule. Blondes, yeux violets, taille moyenne et fine. Je crois même que si je me coupais les cheveux en carré comme ma tante, on pourrait nous confondre. Même nos traits sont identiques. Annabelle a quelques rides que je n'ai pas, mais je suis certaine que lorsque je la regarde je vois mon reflet dans vingt ans.
— Je suis vraiment heureuse que tu sois ici, Léontine, souffle-t-elle avant de repartir.
Je ne dis rien de plus et vais dans sa chambre qui se situe au bout du couloir. Elle est encore plus belle que la mienne !
Le grand lit trône au milieu de la pièce magnifiquement éclairée par de grandes fenêtres à l'américaine. Il y a une banquette avec des coussins assortis à la housse de lit sous celle-ci.
Je veux la même maison quand je serai grande ! me dis-je avant de me figer, ébahie par le dressing.
Je scrute les étagères impeccablement rangées et m'interroge : *comment fait-on pour avoir un intérieur si bien entretenu ?*
Greg se plaignait souvent de mon obsession pour le ménage, mais s'il voyait la maison de ma tante, il me traiterait probablement de petite joueuse.
Tout est incroyablement propre et bien aligné. *Bon sang, que j'aime*

cette maison !
Oui je me répète, mais c'est comme si j'avais atterri dans la maison de mes rêves « du jour où je gagnerais au loto ou à l'Euromillion ».
J'attrape un tee-shirt blanc col V et je vais récupérer mon pantalon de yoga dans ma chambre avant de prendre la direction de la salle de bain. Je referme la porte derrière moi et ne peux m'empêcher de lorgner avec envie la baignoire jacuzzi en coin. Je me fais une raison et me déshabille.
Je garde le jacuzzi pour plus tard.
En attendant, je me faufile sous la douche et atteins le nirvana lorsque les jets chauds délassent mes muscles noués. J'emprunte un peu de gel douche à ma tante et ajoute cela à la longue liste de choses que Greg n'a pas mises dans la valise. *Il était tellement pressé de se débarrasser de moi,* je me remémore douloureusement.

Je n'aurais pas dû partir comme ça. Je sais que le mal est fait, je suis déjà là, mais je le regrette. J'aurais aimé avoir le temps de préparer mon voyage correctement. Je pose mon front contre le carrelage frais de la douche et me dis que je dois vraiment laisser tout ça derrière moi. C'est terminé. Je ne me marierai pas avec Greg. Je n'achèterai pas un minuscule appartement en banlieue parisienne. Je ne serai pas mère l'année prochaine non plus. Une larme coule le long de mon visage. *Comment a-t-il pu me laisser croire à toutes ces choses alors qu'il savait que tout cela n'arriverait jamais ?*
Je n'en veux pas à Greg de préférer les hommes. Je lui en veux de m'avoir fait croire en des rêves qu'il ne partageait pas. Jusqu'à maintenant, je n'avais jamais connu de rupture. Greg était mon premier en tout et c'est peut-être ce qui rend les choses bien plus dures. *Je ne sais pas…*
Toutes les personnes au cœur brisé ressentent-elles les mêmes choses ? La tristesse due à la perte de celui que l'on aime mais aussi de cette vie que l'on avait programmée. Je n'arrive pas à définir si j'aimais plus Greg ou la perspective de notre avenir commun.

Je me redresse et finis de me rincer, l'esprit tourné vers tout ce que j'ai perdu. Et le fait d'enfiler mon pantalon de yoga sans culotte ne m'aide pas. Je décide de garder mon soutien-gorge à la propreté incertaine et mets le T-shirt de ma tante. Super, il bâille de partout !
Il semblerait que ma tante ait bien plus de formes que moi, me dis-je en coiffant ma tignasse blonde toute emmêlée.
J'observe mon reflet dans le miroir, passe doucement mes doigts sur l'endroit où se situait ma bosse et constate que je n'ai plus rien. Merci tata et ton baume magique…
Je devrais peut-être lui demander si elle a un truc pour faire pousser mes seins et ravaler ma tronche cernée, bouffie et moche.
En cet instant, j'ai l'impression d'être une vieille savate abandonnée par un carlin dépressif.

Heureusement, l'odeur des tartines grillées qui assaille mes narines au moment où j'ouvre la porte de la salle de bain me met un peu de baume au cœur.
Elle réveille également mon estomac qui semblait recroquevillé et souffrant de son triste sort d'affamé dans un coin de mon ventre.
Je descends mollement les escaliers. Mon regard est happé par un grand tableau que je n'avais pas vu la veille. Un grand loup blanc couché dans la neige avec en arrière-fond une forêt sombre qui semble abriter bien des dangers. Une jeune fille se tient contre lui. On ne voit que ses cheveux blonds qui volettent dans le ciel. Je ne saurais dire qui protège l'un ou l'autre de ce qui se cache dans la forêt. Ils ne semblent faire qu'un tout, malgré leurs différences flagrantes.
— Le thé est prêt, me fait sursauter Annabelle qui se tient à côté de moi avec un plateau.
— Oh, excuse-moi, je vais t'aider, lui dis-je en tentant d'attraper le plateau.
Elle se dégage rapidement amusée et me sort :
— Absolument pas, mais tu peux aller t'installer dans le jardin si tu veux.

Je hoche la tête et la suis, gênée de la voir tout porter alors que je ne fais rien. À peine ai-je fait un pas dehors que l'odeur des fleurs m'assaille. J'offre mon visage aux rayons de soleil qui baignent la terrasse en ce début de matinée d'octobre.
— Le tableau te plait ? me demande-t-elle en posant son fardeau sur une belle table en fer forgé verte.
— Celui avec le loup ? je l'interroge en m'installant à l'ombre du platane pour ne pas finir couleur écrevisse.
Malheureusement pour moi, ma peau pâle ne me fait aucun cadeau et je rougis très rapidement.
— Oui, tu semblais le trouver intéressant, souffle-t-elle en servant deux tasses de thé.
— Il me faisait penser à une histoire que ma mère me racontait souvent lorsque j'étais enfant, dis-je mélancolique.
Enfant, j'aimais cette histoire, mais avec le temps, je crois que je suis devenue insensible aux contes romantiques et aux histoires d'amour impossible. Ce qui, quand on connaît ma filiation, est assez paradoxal.
— *Thomas et Iseult* est une jolie histoire. Notre mère nous la racontait aussi, finit-elle avec un regard à la fois triste et nostalgique.
— Je ne le savais pas. Maman me parlait rarement de son enfance.
— Ce tableau en est effectivement une représentation, change-t-elle de sujet. Il me rappelle que rien n'est impossible et qu'il faut parfois savoir se battre pour faire entendre son amour.
Je souris en repensant à ma mère qui me disait que l'amour et la passion c'est bien, mais que c'est mieux accompagné d'un peu de raison.
Je comprends pourquoi c'est ma tante qui a repris les affaires familiales ! Ma mère aimait mon père et lui, il était complètement fou d'elle. Malgré tout je ne me souviens pas qu'elle ait eu cette fibre romantique que semble posséder ma tante. Est-ce pour ça qu'elle ne s'est jamais mariée ? Trop de romantisme et d'attentes irréalisables ?
— Quitte à provoquer une guerre qui fera des milliers de victimes ? Car c'est de ça que traite cette histoire. Il y a l'amour mais également

la guerre entre deux alliés qui finissent par s'entretuer.
Annabelle me scrute surprise mais répond :
— Qui dit qu'il n'y aurait pas eu de guerre sans cette histoire ? Thomas et Iseult n'étaient peut-être qu'une excuse ?
— Ou pas. Mais nous ne le saurons probablement jamais. Nous continuerons à conter à nos enfants cette histoire d'amour impossible entre un loup blanc venu du nord et une sorcière aux pouvoirs qui aurait pu détruire la Terre si personne ne l'avait arrêté.
— Tu comprendras peut-être Iseult le jour où tu auras véritablement perdu l'amour de ta vie.
L'amour de ma vie...
J'ai perdu mes parents qui étaient tout mon monde et pour autant, je n'ai pas tenté de tuer tout le monde. Je ne suis pas une Iseult. Je suis bien trop raisonnable pour ça.
— Je ne pense pas aimer un jour au point de déclencher une guerre.
Elle ne commente pas ma réplique et sourit en buvant tranquillement son thé comme si elle détenait un secret bien gardé. Ce qui ne me surprendrait pas non plus. Mais avec le temps, j'ai appris qu'il est parfois mieux de ne pas poser de questions. Comme lorsque je lui ai annoncé que Greg et moi allions nous marier ; elle m'avait dit « d'accord ». Je ne savais pas quoi en penser, mais j'ai fait le choix, peut-être à tort, de ne pas poser de questions. Ma mère faisait pareil et lorsque j'insistais, elle me disait qu'il ne servait à rien de demander des explications car seul le temps me les donnerait.
— Tu ne m'as pas dit comment se portait ton ficus ? me demande Annabelle.
— Il est mort, dis-je avant de boire une gorgée de thé.
Ma tante me regarde avec des yeux ronds.
— Que lui est-il arrivé ? souffle-t-elle sous le choc.
Je n'aurais peut-être pas dû lui dire que j'avais acheté une plante verte...
Il faut dire pour ma défense que souvent lorsqu'elle m'appelait, je n'avais pas grand-chose à lui raconter. L'achat d'une plante verte m'avait semblé un bon sujet de conversation à l'époque. Sauf que

maintenant que je vois son air horrifié, je ne suis plus très certaine.
— Probablement la pollution, j'élude.
Et le manque d'eau, j'ajoute pour moi-même.
J'oubliais systématiquement de l'arroser, il a fini par mourir desséché. Mais je vais garder cette partie de l'histoire pour moi. Je ne suis pas certaine que ma très sensible tante ne la supporte.
— Le pauvre, souffle-t-elle une main sur le cœur.
Pas vraiment touchée par tout ça, je bois une gorgée de thé. Délicieux.
— Tu l'as enterré ? me questionne-t-elle.
Sourire crispé. *Pourquoi est-ce que j'aurais enterré le ficus desséché ?*
— Bien sûr, je mens.
Sous une montagne de déchets dans une poubelle !
— C'est bien, qui sait, ce ficus aura peut-être une autre vie, termine-t-elle avec un regard indéchiffrable.
Là, je ne préfère pas donner mon absence d'avis sur la question. Je ne sais pas trop quoi penser de la réincarnation des ficus !
— Comme tu le sais, les plantes ne sont que le prolongement de notre être. Si nous la respectons, la nature en fait autant.
Sourire crispé de nouveau
Elle a senti que j'étais responsable de la mort du ficus. J'en suis sûre !
— En tous cas, ton jardin est vraiment incroyable, je murmure, ébahie par le jasmin et la multitude de plantes qui forment une arche protectrice autour de la terrasse.
— Je sais.
Voilà une réponse qui a le mérite d'être claire !
— Je ne pensais pas que tu vivais si loin de Seattle, je marmonne avant de prendre une tartine et de mettre une grosse noisette de beurre dessus.
— Nous ne sommes pas si loin. Tu peux t'y rendre en ferry, en train et bien évidemment en voiture. De plus, tu vas pouvoir te ressourcer et revenir à tes essentiels, me dit-elle avec un grand sourire.

Mes essentiels ?! Rien que ça ! Je pense que je vais essentiellement galérer pour trouver du travail dans ce trou perdu. Je n'ai pas le permis et même si je parle très bien anglais, que j'aie la double nationalité française et américaine, cela risque d'être compliqué. Peut-être je pourrai trouver une société qui a besoin d'une secrétaire bilingue. Mais je ne suis pas certaine que mon anglais écrit soit assez bon...
— Léontine, depuis quand tu n'as pas dansé ? me coupe Annabelle avec une étrange lueur dans le regard.
Ma mâchoire et tout mon être se contracte. Elle le sait. Je ne peux plus. Rien que d'y songer, une boule se forme dans ma gorge.
— Je ne danse plus, je réponds, plus durement que je ne l'aurais voulu.
— Ta mère ne souhaiterait pas que tu oublies qui tu es parce qu'elle n'est plus là, dit ma tante tout bas.
Je détourne le regard et cherche quelque chose à quoi me raccrocher. Mes pieds. Ma tartine. Ma tasse de thé.
— La forêt n'est pas loin. Tu pourrais aller te promener après le petit déjeuner.
Je hoche doucement la tête.
Que dire ? Je ne veux pas aller dans la forêt voir les écureuils. Je préfère trouver rapidement un travail qui me permette d'oublier jusqu'à mon nom s'il le faut.
Il ne vaut mieux pas. Ma tante ne partage pas mes convictions sur certaines choses dont celle de ma très grande envie de fuir l'entreprise familiale. Sujet épineux qui me pend au nez depuis le décès de mes parents. Au départ, elle m'en parlait à chaque coup de fil, mais je crois qu'elle a fini par saisir que je n'étais définitivement pas intéressée. Ce qui est le cas. Alors du moment qu'elle ne me propose pas encore une fois de travailler avec elle, tout va bien se passer. Donc je continue de manger en silence.
— Je suis vraiment ravie que tu acceptes de reprendre enfin l'affaire familiale. D'ailleurs, si tu le souhaites, à la place de ta promenade tu peux m'assister. J'ai un rendez-vous dans une heure avec un

nouveau client.
Je me fige, ma tartine à mi-chemin entre ma bouche et la table. Le côté gauche de mon visage tressaute nerveusement. Je hais Greg !
— Je… non, désolée, je marmonne espérant que le message soit clair sans être trop impoli.
— Ne le sois pas. Tu n'es juste pas prête, chantonne-t-elle avant de boire une gorgée de son thé.
Je me mords la lèvre pour ne pas lui crier que je ne serai jamais prête. Je choisis de croquer dans mon morceau de pain à la place.
— Tu aimes ? m'interroge-t-elle toujours un peu cachée derrière sa tasse.
— Oui, c'est très bon, merci beaucoup.
Pour lui donner une preuve de mes dires, je me refais une tartine mais cette fois-ci avec de la confiture.
— Je sais que c'est une question que je te posais souvent, mais tu arrivais à te nourrir convenablement à Paris ?
— Il est vrai que c'est toujours un peu compliqué avec mon estomac fragile, mais à force de recherches, j'ai réussi à trouver des magasins proposant des articles de qualité.
— *Ton estomac fragile*, répète-t-elle avec une moue.
Pitié je ne veux pas avoir cette conversation. Encore.
— Tu peux manger tout ce qu'il y a chez moi. Je fais tout moi-même donc… *ton estomac fragile* devrait se remettre rapidement, dit-elle avant de me resservir du thé.
— Aubépine, anis et camomille ? je demande en regardant ma tasse.
— Évidemment.
— Je n'ai pris qu'un cachet et le reste du temps je fais extrêmement attention à mon alimentation, je râle.
— J'imagine que tu ne te nourris pas beaucoup en règle générale, vu ta taille de guêpe.
Je me mords les lèvres pour lui sortir qu'à Paris il y a plus de McDo que de boutiques vraiment bio. Mais je ne le fais pas, puisque ça serait lui donner raison.
— Greg me préférait mince, je dis à la place.

C'est faux, il s'en fichait complètement, mais je ne vois pas pourquoi je ne me servirais pas un peu de lui ! Après tout, il m'a trompée, donc il mérite de me servir d'alibi.

— Maintenant que Greg est de l'histoire ancienne, tu vas pouvoir te nourrir un peu plus, s'amuse ma tante qui n'est pas dupe de mon mensonge.

Je bois une grande gorgée de thé qui apaise mon estomac souffrant encore des cachets de la mère de Greg.

— Durant ta promenade, je te conseille d'aller jusqu'à la rivière. Tu verras, en cette saison c'est incroyablement beau…

Je soupire, soulagée qu'elle ait décidé de changer de sujet. Même si j'ai le fâcheux sentiment que ce n'est que partie remise. En attendant, je l'écoute tout en dévorant ma tartine beurrée avec beaucoup de plaisir.

– 8 -

Je tourne à gauche, à droite, sur moi-même et dois me rendre à l'évidence : je suis perdue !
Je suis certaine que ma tante me dirait que je dois trouver ma voix intérieure, écouter le murmure des arbres, voire peut-être même, parler le langage des signes avec les écureuils. Moi, je dis que je n'aurais jamais dû laisser mon portable dans ma chambre.
Je ne pensais pas me perdre, mais il faut croire que je fais partie de ces quiches qui ne peuvent pas vivre sans technologie.
J'aurais dû semer un truc comme le Petit Poucet…
— C'est une propriété privée ! lance une grosse voix grave derrière moi.
Un frisson d'appréhension me parcourt. Je tourne la tête et vois 1m94 de muscles sexy à souhait. Fossette au coin de la bouche sensuelle.
Mais qu'est-ce qu'il fout là ce con ?! Il me suit ou quoi ? Je savais que c'était un cinglé !
— Moi aussi je suis ravi de vous revoir Léontine, s'amuse-t-il tandis que je le déshabille du regard.
Tee-shirt bleu moulant un torse puissant. Un jean habillant de longues jambes fuselées. Non, aucun doute c'est bien Alexander le suédois qui ne l'est pas.
En réponse, je bafouille un truc bizarre et me prends les pieds dans une racine d'arbre. Je me vois déjà m'étaler comme une belle grosse naze que je suis, mais finalement deux gros bras me rattrapent.
— Vous êtes rapide, je marmonne en calant mes mains sur ses pectoraux et en me noyant dans son regard toujours aussi bleu.
— Je cours beaucoup, souffle-t-il les yeux posés sur… mes seins.
Saleté de haut trop large !

Je rougis à la vitesse de l'éclair et m'écarte gênée.
— Ramasser les petites blondes au sol est un hobby ? je me moque en remettant le tee-shirt en place.
— Techniquement, vous ne l'étiez pas cette fois-ci !
— Certes.
Ses yeux dévient sur mon entre-jambe et lorsqu'un éclat rouge y apparaît, je me demande s'il a vu que je ne portais pas de culotte.
Rouges..., ses pupilles sont devenues rouges. Enfin je crois…
— Vous ne devriez pas vous promener dans le coin. Il y a des loups. Ils ne s'en prennent pas vraiment à l'homme, mais on ne sait jamais.
— Merde ! je lâche quand je comprends ce que j'aurais dû comprendre à la seconde où je l'ai rencontré à l'aéroport.
Mon rythme cardiaque s'accélère et Alexander fronce les sourcils.
— Je… enfin, c'était sympa… mais je vais rentrer, je bégaie en partant d'un pas rapide.
— La route est dans l'autre sens ! me crie-t-il.
Je me fige et jure encore en prenant une autre direction.
— Je vais vous raccompagner, me propose-t-il.
— Non ! je lance avant de reprendre plus doucement mais le cœur toujours battant, je ne vais pas vous déranger, vous devez probablement…
Avoir à tuer un lapin, une biche, un bébé chat...
— … des choses à faire, dis-je à la place.
— Cela ne me dérange pas, murmure-t-il.
Super, est-ce qu'il sait ce que je sais ?
Je me mords la lèvre et demande pour tâter le terrain :
— Vous voulez me raccompagner parce que vous pensez que des loups vont s'en prendre à moi ?
Il me regarde, surpris ou amusé. Je n'arrive pas à savoir.
— Les loups ne s'en prennent pas à l'homme et j'avoue que je ne suis pas certain que vous retrouviez votre chemin.
Et quand on n'est pas un homme ? je me demande en me mettant un peu à trembler.
— Je suis désolé. Je ne voulais pas vous effrayer avec cette histoire

de loup. Je vous assure qu'ils ne sortent que la nuit, plaide-t-il pour sa cause.
Tu parles ! Et lui, il faisait quoi là ?
Il arrive à ma hauteur et au moment où il se trouve en face de moi je me décale légèrement sans le quitter des yeux.
Sérieux, Léontine, 1m94, musclé, massif, dégageant un fort côté animal... T'es vraiment une idiote ! je m'insulte mentalement sans le quitter du regard.
Au moindre changement dans son attitude, je cours !
Ouais, je fais la taille de ses jambes. Il va me bouffer !
— Si cela peut vous rassurer, je vous défendrai, tente-t-il doucement avec un sourire qui se veut apaisant.
Sauf que je ne vois plus que ses canines ultra-blanches.
— Je sais me défendre ! je lance en m'écartant à nouveau un peu de lui.
— Contre un loup ? sort-il déconcerté, en inclinant un peu la tête sur le côté comme s'il jaugeait la menace que je représente.
Il ne sait pas qui je suis. Ou, il s'en fiche et ne me fera pas de mal. Ou encore, il le sait et toute sa pseudo gentillesse est une diversion.
— Tout va bien Léontine ? me demande-t-il au bout d'un moment.
Je suis sûre qu'il a reniflé ma peur. Les loups c'est comme les chiens, ça renifle tout et n'importe quoi !
Le caniche de la mère de Greg couinait quand il sentait que l'on arrivait à destination. Donc, c'est bien ce que je dis, ça renifle tout et n'importe quoi ce genre de bestiole.
Je vais dire à ma tante que la bouffe est peut-être dégueulasse à Paris, mais qu'au moins il n'y a pas de loups-garous.
Ma tante!
— Je vais téléphoner à ma tante et elle va venir me chercher, dis-je avant de me rappeler que je n'ai pas pris mon portable.
Boulet. *Léontine est UN BOULET !* Voilà ce qu'il y aura d'indiqué sur ma tombe.
Il ouvre puis ferme la bouche. Il se passe une main dans les cheveux et je me demande comment il est en loup. *Grand, très grand... mais*

à quel point ? Genre poney ou comme le chien d'Hagrid ? Et il est joliment poilu comme un vrai loup ou bien il n'a que des touffes de poils accompagnées de grandes griffes ?
Il est vraiment sexy pour un tueur de bébés animaux…
Je soupire, les yeux perdus dans la contemplation de son torse.
— Tu sais Léontine si j'avais voulu te faire du mal, je l'aurais déjà fait, murmure-t-il avec bien trop d'intensité dans le regard.
Il a compris que je sais ce qu'il sait et est passé au tutoiement dans la foulée. Genre, maintenant que tu sais que je sais, que tu peux tenter de me bouffer à tout moment, on est devenu potes !
Saleté de loup-garou !
— Tu es peut-être du genre à jouer avec la nourriture ! je lâche avant de me dire que j'aurais dû réfléchir avant de parler.
— Si tu courais, je trouverais peut-être effectivement cette perspective intéressante, mais là tu ne bouges pas ! me sort-il, visiblement amusé.
— Je ne trouve pas tout ça très drôle ! je râle.
Note à moi-même : ne pas me mettre à courir pour ne pas l'exciter. Mouvement souple, fluide… En gros, tout pas moi !
— OK. Je ne sais pas vraiment quoi te dire pour te rassurer.
— Je n'ai pas peur, je mens.
— Oui parce que tu sais te défendre, j'oubliais ! se moque-t-il.
Il ne sait pas. Je le scrute une seconde, le vent le caresse et il continue de m'observer. J'inspire une grande bouffée d'air. *Incompréhension et… il est vexé ?!*
— Tu es vexé que j'aie peur de toi ? je lui demande les sourcils froncés.
— Je croyais que tu n'avais pas peur de moi ?
— Je…
Touché.
C'est pas censé être bête un loup-garou ?
— Si tu veux, appelle ta tante. Mais cela m'étonnerait qu'elle te trouve ici. Tu t'es vraiment bien enfoncée dans la forêt.
— Je ne m'en fais pas pour ma tante, elle me retrouvera. Et tu faisais

quoi dans les bois ?
Pitié, pourvu qu'il ne me dise pas qu'il cherchait à manger.
— Comme toi !
C'est vague…
Il essaie lui aussi d'échapper à ma tante qui veut l'enrôler dans l'entreprise familiale ?
— Tu te promènes dans les bois ? je tente.
— Oui, c'est apaisant.
Nous n'avons pas la même notion d'apaisement. À moins que pour lui se retrouver en face d'un prédateur au milieu de nulle part en soit la définition ?
— Et tu grignotes un ou deux écureuils au passage ? je me moque.
— Des écureuils ? répète-t-il, carrément vexé pour le coup.
— Je ne suis pas une experte sur le régime alimentaire des loups-garous ! Mais tu pourrais considérer ça comme un apéritif. Certains mangent des chips, et toi des écureuils.
— Je préfère les proies plus… grosses, commence-t-il en souriant de toutes ses dents. Tu es plutôt chips donc ?
— Non, c'est chiant à faire soi-même, je sors en me demandant pourquoi je parle de ça.
— Parce que les chips du commerce ne te plaisent pas ?
— On ne mange pas… je veux dire que je ne les digère pas, je me rattrape.
Sauf que c'est trop tard. Il a compris. Ses yeux bleus prennent un autre éclat et je crois qu'il renifle. Il essaie de déterminer ce que je suis. *Merde.*
— Tu n'es pas humaine, déclare-t-il la mâchoire crispée.
— Je…
Je n'ai pas le temps de terminer ma phrase que mon dos se retrouve cloué à un arbre et qu'Alexander se tient devant moi. Son bras gauche repose à côté de ma tête et son visage est contre mon cou. Je pose mes mains sur ses pectoraux et sursaute lorsque sa main droite se pose sur ma hanche.
— Tu me renifles, là ! je m'écrie, la voix chevrotante.

— Je ne te mordrai pas, dit-il en caressant mon cou avec le bout de son nez.
— Je n'arrive pas à savoir ce que tu es.
— Une fille qui n'aime pas les chips industrielles, je tente.
— Tu as su qui j'étais au moment où j'ai parlé de loup et tu as dit « on ».
— Sérieux ?! C'est de la déduction, je sors en pouffant mal à l'aise. Tes yeux sont devenus rouges et le « on » fait référence au végétalien.
— Tu me prends pour un idiot.
On va dire que la réputation de son espèce ne joue pas non plus en sa faveur question QI.
Je hoquette de surprise lorsque son énorme érection s'enfonce dans mon ventre.
— Alors petite Léontine, dis-moi qui tu es, susurre-t-il dans mon cou.
Pourquoi je suis excitée ? Je deviens folle. Je pourrais le repousser. Non. Je ne veux pas le blesser… Il doit me lâcher de lui-même.
— S'il te plait Alexander, lâche-moi, je murmure sans conviction.
— J'ai beau chercher, je ne trouve pas, s'agace-t-il en reniflant derrière mon oreille maintenant.
— Il n'y a peut-être rien à trouver ! je chantonne en tentant de le pousser.
Sans grande surprise, il ne bouge pas d'un pouce.
— Tu sens vraiment bon, souffle-t-il en resserrant encore plus sa prise.
— Alexander, ça devient gênant…
Il se recule et son nez frotte le mien.
— Je ne vois pas pourquoi tu dis ça, dit-il presque contre ma bouche.
J'avale avec difficulté ma salive. J'ai envie qu'il m'embrasse. Mais il ne doit pas. Plus jamais. Mon cœur bat à tout rompre contre sa poitrine. Je ne peux pas le cacher. Je suis certaine qu'il entend les battements erratiques de mon cœur. Je ferme les yeux. Je n'ai jamais ressenti quelque chose de pareil. *Est-ce que lui aussi le ressent ?*

Ma peau commence à fourmiller…
Je rouvre instantanément les yeux.
— L'orage ! je m'écrie, prise de panique.
— Tes yeux sont dorés, dit-il en me scrutant tandis que je le pousse de plus en plus fort.
— Tu dois me lâcher et me ramener immédiatement ! je hurle.
— Quoi ?!
Le tonnerre gronde et je sursaute. Il tourne la tête regarde au loin puis moi.
— Tu as peur de l'orage ?
— Non. Mais toi, tu devrais.
Silence.
— Pitié, Alexander.
— OK, finit-il par dire en se reculant.
Un nouvel éclair fend le ciel mais cette fois-ci bien trop proche de nous. Je dois me rendre à l'évidence.
— Je n'arriverai pas à temps, je souffle de plus en plus paniquée.
Je tourne la tête à la recherche de quelque chose pour m'abriter mais évidemment, il n'y a rien puisque je suis dans une fichue forêt !
— Transforme-toi et je vais grimper sur ton dos, dis-je en tentant de lui retirer son tee-shirt.
— Tu es sérieuse ?!
Silence. La pluie s'abat sur nous et je tourne sur moi-même, ne sachant pas vraiment quoi faire.
— Je dois impérativement me protéger du tonnerre, j'articule.
— Qu'est-ce que tu es ?
— Si je te le dis, tu ne m'aideras pas, je murmure en pleurant.
Un nouvel éclair. Je sursaute. L'orage se rapproche.
— J'habite à cinq minutes…
— OK, je le coupe déjà prête à courir s'il le faut.
Sauf qu'il retire ses vêtements. *Ne regarde pas Léontine… C'est pas le moment de se rincer l'œil… Oh putain de merde !* Il est incroyable nu. Tout en muscles, tout… tout !
Un éclair s'échoue à quelques mètres et je me colle encore plus

contre l'arbre. Je jette un regard à Alexander mais un énorme loup blanc se tient devant moi. Je devrais avoir peur qu'un animal dangereux de cette taille se tienne aussi près, mais la panique de l'orage et ses terribles conséquences sont bien plus fortes.
— Il faut que tu te baisses, je râle en voyant qu'il est trop grand pour que je monte sur lui.
Il se couche presque par terre et je grimpe sur son dos sans attendre. Je passe mes mains autour de son cou et lui glisse à l'oreille « Cours vite et surtout ne t'arrête pas. Même si je tombe. Tu ne t'arrêtes pas. Tu ne te retournes pas. Cours ». Il se redresse et s'exécute. L'orage se rapproche encore et toujours. Je le sens fourmiller sous ma peau. Tous mes nerfs sont à vifs comme s'ils appelaient les éclairs. La terre sous les pattes d'Alexander vibre et je sais que si je ne fais rien nous n'arriverons pas à temps. J'enfouis mon visage dans le doux pelage de son cou et souffle « cours Alexander ». Il court encore plus vite. Le vent nous pousse et lorsqu'il saute sur une surface dure, je comprends que nous sommes arrivés. Je me redresse, saute de son dos, ouvre la porte, m'engouffre avec le loup blanc et referme derrière moi. Les yeux fermés, je tente de reprendre mon souffle le dos contre la porte et les mains tenant toujours la poignée.
— Merci, je murmure le cœur battant bien trop fort.
Je rouvre les yeux. Alexander en chair et en muscles se tient devant moi, nu et incroyablement beau. Son torse monte et descend rapidement. Il l'a fait. Il ne me connaît pas, mais il a couru à en perdre haleine pour moi.
— Tu es tout mouillé, je lâche sans arriver à quitter des yeux une goutte qui glisse sur son torse puis…
— Qui es-tu ? me coupe-t-il dans mes pensées polissonnes.
— Ne me mets pas dehors, je le supplie tout bas.
Il fronce les sourcils. Je me mords la lèvre et resserre mon étreinte sur la poignée.
— Une sorcière. Enfin pas tout à fait… je ne pratique pas, mais tu sais la génétique… on n'a pas vraiment le choix… je bégaie finalement.

— Les sorcières ont peur de l'orage ? demande-t-il surpris.
Je devrais lui dire la vérité, mais à la place je hoche la tête. Il n'a pas besoin de tout savoir.
— Et tu as eu peur que l'orage me blesse aussi ? C'est pour cela que tu m'as demandé de ne pas m'arrêter ? continue-t-il de m'interroger toujours incroyablement nu et un brin suspicieux.
— Euh oui, dis-je en regardant partout sauf dans sa direction.
— D'accord, lâche-t-il finalement.
J'attends la suite, mais rien ne vient.
— Reste là, je vais chercher des serviettes et des vêtements secs, me dit-il en m'offrant la vision de ses fesses musclées qui montent rapidement les marches d'escalier.
Bon, c'est pas vraiment la réaction à laquelle je m'attendais. Mais il vaut mieux ça, que de me retrouver brûlée sur un bûcher. Ou dévorée. Ou découpée en morceaux. *Enfin bref, on a compris l'idée,* me dis-je en jetant un regard circulaire à son intérieur.
C'est pas le roi de la déco ! C'est très moche chez lui. Il vit dans un chalet très vilain. *C'est peut-être un truc de loup-garou…*
Bordel, cette moquette verdâtre fait mal aux yeux ! Et il a un sacré problème de mobilier puisqu'il n'en a pas, hormis un fauteuil et un meuble pour sa télévision écran plat ainsi que sa console.
Au moins, je suis certaine d'une chose : Alexander est célibataire.
J'arrête de faire ma curieuse lorsqu'Alexander réapparait vêtu d'un jogging molletonné gris et d'un tee-shirt blanc. Il me tend une serviette en fixant… ma poitrine, encore.
Je baisse les yeux et constate avec effroi que mon haut blanc est transparent. Je mets rapidement la serviette sur mes seins qui pointent fièrement dans sa direction. Mais le mal est déjà fait, le loup s'est bien rincé l'œil. Rouge, je lui jette un coup d'œil et vois qu'il sourit.
Connard !
— La salle de bain est à l'étage, première porte à droite, me dit-il en me tendant des vêtements.
— Je… merci, je lâche avant de détaler.

Je monte les escaliers en courant, me vautre presque à la dernière marche, puis m'enferme le cœur battant. Je reste une seconde le dos contre la porte. Cet abruti de loup me plait avec ses muscles tout… musclés, sa belle gueule, ses yeux bleus bien trop bleu et… merde !
Je me passe une main sur le visage et soupire. Je râle un moment puis me rappelle un peu trop tard que mon hôte a une ouïe ultra-fine. Je me mords la lèvre et me déshabille rapidement. Mon bas-ventre se contracte et ma libido pointe le bout de son vilain nez tandis que j'enfile le short sans culotte. Et le tee-shirt qui m'arrive au genou sans soutien-gorge n'arrange rien. Je regarde vite fait mon reflet et coiffe mes cheveux avec mes doigts. Je récupère mes affaires mouillées, les plie comme je peux et sors enfin. Je redescends les marches pieds nus et cherche Alexander des yeux. Je jette un rapide coup d'œil dans le salon à gauche, puis je vais à droite. J'arrive dans la cuisine et retrouve l'objet de mon tourment devant une théière.
— Je me suis dit que tu voudrais du thé, dit-il en agitant un sachet devant moi.
Je grimace et ne sais pas comment lui dire que je ne peux pas boire ça.
— Tu n'aimes pas ça ?
— Je ne peux boire ni manger aucun produit transformé. Je suis désolée, je termine tristement.
Je n'aime pas passer pour la chiante de service. Ce qui est très souvent le cas. Probablement une des multiples raisons pour lesquelles je n'ai pas d'ami.
— Ne le sois pas. Tu n'y es pour rien, dit-il avec sincérité.
Je souris. Habituellement les gens sortent une phrase toute faite, tout en pensant que je suis une sacrée casse-pieds. Mais pas lui. Il semble comprendre.
Je regarde la cuisine et me demande s'il fait des travaux ou si le manque de décoration et les murs décrépis sont un choix personnel. Il y a même un meuble haut de travers !
— Café ? me propose-t-il en montrant le sachet.
Bio, pur arabica…

— Je veux bien merci.
— Je n'avais jamais rencontré de sorcière, avoue-t-il en mettant sa machine à café moyenâgeuse en marche.
L'électroménager est au même niveau que la décoration en gros.
— Bien sûr que si, mais tu ne sais pas qu'elles le sont ! je lance.
— En conclusion, vous vous cachez.
— Les gens ont facilement tendance à croire des choses idiotes.
— Oui c'est vrai que ce n'est pas le cas pour nous les loups-garous !
— Tu veux réellement te plaindre d'être un pauvre loup incompris ?!
— Tu avais peur de moi il n'y a pas encore quelques minutes.
— Heureusement ! Je ne te connais pas et je suis une sorcière. C'est du bon sens, je râle en croisant les bras sur ma poitrine.
— Avoue que je suis le premier loup-garou que tu rencontres.
J'ouvre puis ferme la bouche. Il a raison.
— J'ai vu beaucoup d'êtres surnaturels mais jamais de loups. Mais vu que vous avez décidé que les sorcières étaient responsables de tous vos maux, ça ne met pas franchement en confiance.
— C'est le cas ?
Sa question est sérieuse ?!
— Non. Vous vous en sortez très bien tous seuls !
— Qu'est-ce que tu en sais ? Tu n'avais jamais rencontré de loup jusqu'à maintenant !
Je soupire et réponds :
— Je suis une sorcière et les gens parlent.
— Tu connais *La marieuse* ? me demande-t-il avec une ombre résignée dans le regard.
— Pourquoi ? Tu comptes te marier ?
— Oui et j'aurais besoin de… ses conseils, termine-t-il.
Claque. Douche froide. Ce n'est pas que j'envisageais d'avoir une aventure avec lui, mais j'avoue que je fantasmais pas mal sur cette possibilité. Possibilité qui restera définitivement dans mes fantasmes.
— Je peux lui dire que tu souhaites la rencontrer mais je ne te promets rien, dis-je comme si de rien n'était.
— Parce que je suis un loup-garou ?

Évidemment ! C'est pas parce qu'il ressemble à un agneau qu'une fois dans la bergerie, il ne se fera pas un méchoui.
— Non parce qu'elle est très demandée ! je sors à la place.
Le clic de la cafetière nous informe que le café est prêt. Il attrape deux tasses à l'hygiène douteuse et les remplit du nectar noir.
— Comment vous faites chez les sorcières ? Vous vous mariez entre vous, vous faites appel aux services de La marieuse ou vous laissez faire le destin ?
— Il n'y a que des femmes donc non, on ne se marie pas entre nous.
— Il n'y a pas de sorciers ?
Je ne sais pas quoi penser de son ignorance. *Il est mignon,* me dit immédiatement mon cerveau.
Bordel, Léontine, c'est un loup-garou d'un mètre quatre-vingt-quatorze, il n'est pas mignon. Il est animal et très sexy, ajoute mon esprit qui est de plus en plus pervers.
— Non, peu importe avec qui l'on se marie, les sorcières n'ont que des filles qui deviendront elles-mêmes des sorcières.
— Greg était… demande-t-il en posant les tasses sur sa table de jardin grisâtre bancale.
— Humain, je réponds en m'asseyant.
Et accessoirement gay ! j'ajoute pour moi-même en me rabâchant de tourner la page.
Il soupire, se passe une main dans ses cheveux presque secs.
— Et si tu me disais ce qui te tracasse ? Je veux dire que vu ton physique tu ne sembles pas avoir besoin des services d'une marieuse. Je sais que chez les loups c'est compliqué, car vous ne devez vous unir qu'avec votre âme sœur. Mais je suis sûre qu'en fouillant un peu, tu la trouveras, dis-je avant de poser mes affaires sur la chaise à côté de moi.
— Notre âme sœur, répète-t-il comme s'il y réfléchissait.
— Oui… Non ? Je ne sais pas. Je pensais que vous ne pouviez vous unir qu'avec votre âme sœur sinon vous ne pouvez pas avoir d'enfant, dis-je avant de souffler sur mon café trop chaud.
— Ce n'est pas aussi simple, marmonne-t-il en me scrutant les

sourcils froncés.
Une chose est certaine, je l'intrigue.
— Pourtant c'est ce qui a conduit les loups et les sorcières à se faire la guerre, donc je croyais… enfin bref, ce n'est pas important, j'élude avant de boire une gorgée.
— Donc pour toi la guerre était due à une histoire d'âme sœur ? m'interroge-t-il entre surprise et amusement.
— Ce n'est pas pour moi. C'est l'histoire !
Je le regarde et vois qu'il ne sait même pas de quoi je parle.
— Avant la guerre, les loups allaient voir les marieuses pour les aider à trouver leurs âmes sœurs, comme cela se fait encore pour la plupart des êtres surnaturels. Sauf qu'un jour, un loup est tombé fou amoureux d'une sorcière. La marieuse avait validé leur union car pour elle, il ne faisait aucun doute qu'ils étaient âmes sœurs. Les loups ont crié au scandale, accusant la sorcière d'avoir jeté un sort au jeune loup. Les amants se sont enfuis avec l'aide des sorcières et les loups ont déclaré la guerre. Depuis, il se murmure que votre espèce dépérit puisque très peu d'entre vous cherchent et trouvent leurs âmes sœurs.
— Que s'est-il passé pour les amants en fuite ?
— Ce qu'il se passe toujours à la fin de ce genre d'histoires.
Il me scrute, attendant la suite.
— Ils sont morts de façon tragique.
Il boit son café en silence, l'esprit perdu je ne sais où. C'est peut-être vrai cette histoire que les loups disparaissent. Cela expliquerait pourquoi Alexander souhaite rencontrer ma tante. Il cherche son âme sœur.
Je suis sûre qu'elle ressemble à un mannequin pour Victoria Secret.
— Il ne pleut plus, tu veux que je te raccompagne ?
Je jette un coup d'œil à ma tasse encore fumante et me rends compte que je n'en ai pas très envie. J'aime beaucoup trop la compagnie du loup et c'est pas bon, pour de multiples raisons. La première, c'est un loup-garou. La deuxième, il cherche son âme sœur pour faire des tas de bébés velus qui dévoreront probablement un grand nombre

d'écureuils. Et la troisième, c'est toujours un loup-garou !
— Oui, dis-je en me levant.
Il m'observe mais ne bouge pas. Il me scrute et passe une main dans ses cheveux.
— Tu as changé d'avis ? je lui demande.
— Non.
Il se décide enfin à prendre la direction de sa porte d'entrée. Il attrape une vieille paire de baskets qu'il enfile rapidement. *Bon sang, il est sexy même quand il met des chaussures*, me dis-je en admirant le mouvement souple des muscles de ses avant-bras.
Ses yeux bleus rencontrent les miens et je rougis comme une adolescente vivant son premier émoi. Il sourit, amusé, tandis que je tente de regarder partout sauf dans sa direction.
— Tu comptes sortir pieds nus ? m'interroge-t-il.
Je jette un œil à mes pieds et jure. J'ai oublié mes affaires ! Je vais dans la cuisine et enfile mes baskets. Je prends mes vêtements encore trempés et retourne dans l'entrée. Alexander tapote un truc sur son portable, le range dans sa poche et promène son regard bleu indéchiffrable sur moi. Je suis tentée de resserrer mes cuisses mais je me retiens comme une grande fille.
— Tes yeux ont changé de couleur, souffle-t-il au bout de ce qui me semble une éternité.
— C'est à cause de l'orage, je marmonne en tripotant nerveusement mes vêtements mouillés que je tiens dans mes mains.
— Je ne comprends pas comment tu as fini avec un fiancé gay.
Je m'apprête à lui demander pourquoi il dit ça, mais il ouvre la porte et prend la direction d'une Jeep dernier cri.
— Je viens de trouver ton budget décoration ! je me moque en le suivant.
Intérieur cuir, ordinateur de bord...
— Mon budget décoration ?! Dois-je en conclure que tu trouves ma maison moche ? me lance-t-il, visiblement vexé.
— La maison en elle-même non, je marmonne en m'attachant.
J'enfonce la boucle de ma ceinture et me fige quand son visage se

positionne à quelques centimètres du mien.
— Dis-moi Hermione Granger, tu es aussi mal élevée avec tout le monde ou tu te réserves pour moi ?
Je me mords les lèvres et miaule un petit « désolée » avant de m'installer dans mon siège.
— Puisque tu veux tout savoir, j'ai acheté cette maison il y a peu et j'attends pour faire des travaux.
— Tu attends d'avoir trouvé la louve de ta vie qui aménagera ton intérieur avec amour, je me moque avant de me mettre à pouffer.
En réponse, il démarre en grognant. Il faut croire que j'ai tapé dans le mille.
— Tu es réellement informaticien ? je demande alors qu'il arrive à un croisement.
— Oui.
Il s'arrête et me regarde.
Silence.
— Léontine, je ne sais pas où vit ta tante.
Merde ! C'est vrai.
— Je ne me souviens plus du nom du village.
— Tu es sérieuse ! s'exclame-t-il.
— Je... oui. Lorsque l'on est arrivées de l'aéroport, j'étais complètement dans... enfin bref, pas très en forme. Il y avait une gare sur le chemin, un café avec un gros gâteau en photo et une petite place avec une citrouille lumineuse géante.
Il soupire, met son clignotant à gauche et tourne.
— Elle vit à côté de la gare ?
— Non. Il y a plein d'autres maisons autour.
Il se passe une main dans les cheveux.
— La forêt est juste derrière les habitations et... j'avais marché deux heures quand tu m'as trouvé, mais je crois qu'à un moment, j'ai tourné en rond.
Je fais une grimace.
— Tu ne devrais pas te promener dans les bois sans savoir où tu vas.
— Parce que je risque de me faire attaquer par un loup ?

— Non parce que tu risques de te perdre !
— Oui mais il y a aussi des loups !
— Ils n'attaquent pas les humains, je te l'ai déjà dit.
Nous arrivons au village et j'applaudis.
— Maintenant, au bout de la rue, il faut tourner à gauche.
— Non, c'est à droite.
— Non, je suis sûre que c'est à gauche.
— Ta tante vit dans une fabrique à biscuits ?
Merde.
— C'est bien ce que je pensais, se moque-t-il.
Je vois enfin les maisons et reconnais celle de ma tante, au bout du chemin un peu à l'écart.
— C'est la numéro 6 avec le portail rouge, je lui explique.
Il la cherche une seconde des yeux puis se gare devant. Instant gênant. Il tient son volant et m'observe sans un mot.
— Merci de m'avoir raccompagnée, je marmonne, mal à l'aise tout à coup.
Silence.
Je passe ma langue sur mes dents, sors sur un temps bien trop jovial pour être naturel : « Bon c'était sympa ! » et commence à ouvrir la portière.
— Tu n'oublierais pas un petit quelque chose ? me demande-t-il en me scrutant avec bien trop d'intensité dans ses yeux bleus.
Je jette un regard perdu à mes vêtements mouillés dans mes mains et grimace d'incompréhension.
— Mon numéro de téléphone, lâche-t-il avec son sourire en coin de connard et agitant son portable sous mes yeux.
— Oh ! Tu sais, je ne pense pas que cela soit une bonne idée. Tu es un loup et moi une sorcière et le fait que tu attendes visiblement la louve de ta vie me refroidit quelque peu.
Il croise les bras sur son magnifique torse et m'observe, maintenant insondable.
— Tu es incroyablement sexy, voire carrément torride, mais je crois qu'il vaut mieux qu'entre nous cela reste platonique, je termine avec

une moue.
— Sexy, voire carrément torride ?! répète-t-il en dodelinant de la tête.
— Mouais, désolée, je souffle en quittant le véhicule.
— Je te remercie pour… tous tes compliments, mais en réalité, je faisais référence au fait que tu me transmettes les coordonnées de la marieuse.
Là, je blanchis, rougis, reblanchis et sors avec un rictus étrange :
— Évidemment ! La marieuse !
— Oui, la marieuse.
— Je… je n'ai pas mon téléphone sur moi, mais… euh… je vais te donner mon numéro et tu n'auras qu'à me biper, dis-je avec une voix très aigüe.
— Je ne voudrais pas que tu te fasses de fausses idées, se moque-t-il.
— Je… noon ! Tu penses, je termine en balayant cette idée d'un revers de la main, ce qui fait tomber mon pantalon mouillé au passage.
Je le ramasse et tente de prendre une pause décontractée tout en lui dictant mon numéro.
— Je te remercie Léontine et te dis donc à bientôt, dit-il avec une voix grave bien trop sexy.
— De rien, je miaule en partant avec ce qui me reste de dignité.
Donc pas grand-chose !
Je remonte l'allée de ma tante en courant presque.
— Hello, tu t'es déjà fait un ami ? m'interroge Annabelle aussitôt tandis qu'elle fait mine d'arroser sa plante dans l'entrée.
— Pas vraiment non, je marmonne de mauvais poil.
Ma tante me détaille de haut en bas, un sourcil relevé.
— Il y a eu de l'orage, j'explique, mal à l'aise.
— Je vois… Ce n'était pas le jeune homme qui était à côté de toi dans l'avion ? me demande-t-elle innocemment.
— Oui.
— Quelle amusante coïncidence !
— Pas vraiment, non.

— En tout cas, il est très…
— Loup-garou, je termine à sa place.
— Certes.
— Tu as une jolie maison, mais j'émets de sérieux doutes sur ton voisinage, je grogne presque.
— Pourtant, j'ai des voisins charmants, et ce garçon semble agréable.
— Il cherche La marieuse.
— Je sais.
— Ah !
— Peut-être que nous pourrions l'inviter à dîner, me propose Annabelle.
— Un loup-garou ?
En réponse, elle tape des mains et je sursaute lorsqu'un gnome vêtu d'un costume en velours rouge apparaît avec un calepin ainsi qu'un téléphone portable.
— Léontine, je ne sais pas si tu connais mon assistant Gérard ? me demande-t-elle avec un regard amusé.
— Non, je souffle en lorgnant le gnome du bout de ses chaussures cirées à la pointe de ses petites cornes cachées sous une épaisse chevelure brune gominée.
— Mademoiselle Léontine, je suis enchanté, chantonne-t-il avec un grand sourire.
Ma tante a un gnome pour assistant. Je comprends mieux pourquoi son intérieur est impeccable. Les gnomes sont des êtres complexes mais surtout fiables et très maniaques.
— Moi aussi, dis-je avec une moue entre le sourire et le « qu'est-ce que je fais là ? ».
Bizarrement, les apparitions surprises de gnome ne m'avaient pas manqué.
— Si vous avez besoin de quoi que ce soit, n'hésitez pas mademoiselle Léontine, me lance-t-il.
— Je… d'accord. Merci.
Je n'en ferai rien évidemment, puisqu'une fois qu'un gnome te sert il

ne te lâche pas. Il ne vit plus que pour te servir, et à la longue, c'est très chiant.
— Gérard, faites partir une invitation à dîner pour monsieur Alexander Bergström ainsi que pour son grand-père. Pour…
— Je propose demain soir 19 heures ou mardi prochain ? dit le gnome, les yeux rivés sur son portable.
— Demain soir me paraît parfait ! s'exclame Annabelle visiblement ravie de tout ça, sous mon regard éberlué.
Elle va vraiment inviter des loups-garous à dîner. Incroyable. *C'est pas comme si les loups et les sorcières se détestaient depuis des centaines d'années,* je songe ironique.
Gérard disparaît et ma tante se remet à arroser les plantes.
— Je vais aller prendre ma douche, je marmonne.
— Bien, nous irons déjeuner et faire les boutiques juste après.
J'ouvre puis ferme la bouche avec la sensation que les choses m'échappent, puis finalement je monte à l'étage.
Je ne suis qu'une invitée chez ma tante et si elle a décidé de manger de la côtelette avec des loups, c'est à elle de voir.

J'arrive dans ma chambre et soupire
En l'espace de 48 heures je me suis fait larguer par mon fiancé gay et remballer par un loup-garou !
Ça c'est rude !
Je me jette sur mon lit en répétant : « *Oh la honte !* ».

– 9 -

Je grogne presque pour la vingtième fois.
— Ma jolie blonde est une saleté de sorcière, je râle, seul dans ma voiture.
Saleté de sorcière incroyablement bandante. Et agaçante !
— Incroyablement bandante et sacrément agaçante, je marmonne.
Elle m'a peut-être envoûté ou une connerie dans le style, me dis-je en m'arrêtant à un feu rouge.
Je salue de la main la vieille madame Marshal qui traverse sur le passage clouté et redémarre, toujours aussi perdu dans mes pensées.
Ce serait logique...
C'est une sorcière. Donc, fourbe par nature. Enfin, je crois, puisque c'est la première fois que j'en rencontre une. Mais, cela expliquerait bien des choses.
Comme le fait que depuis que je l'ai quittée à l'aéroport, je n'avais qu'une obsession, la revoir. Même mon loup la cherchait. J'en étais arrivé à déambuler comme un abruti dans la forêt dans l'espoir de l'oublier.
Puis, je l'ai vu tourner en rond. J'ai cru à un mirage. Mais non c'était bien elle. Belle, impertinente, ses yeux violets incroyables, ses petites fesses bien hautes et arrondies…
Ne pense pas à son cul... Trop tard !
Je remue légèrement sur mon siège et jure.
Je crois que mon sexe n'a jamais été aussi dur avant que je ne rencontre Léontine. La petite sorcière. Pourtant, j'en ai connu des femmes…
En fait non, pas vraiment. Il y a peu de louves et mon grand loup blanc ne les attire pas des masses. Trop grand, trop blanc, trop… ou plutôt, pas assez à leur goût. Quant aux humaines… je ne préfère pas

penser à la seule et malheureuse fois où j'ai essayé.
Je grimace à ce souvenir. Expérience que je ne compte jamais reproduire. Plus d'humaine. Plus jamais.
Peut-être qu'avec une sorcière ce serait différent. Surtout qu'elle me trouve « Sexy voire carrément torride »…
Et voilà que je souris comme un idiot maintenant !
Bon, j'avoue que j'ai adoré la rembarrer puis la voir se tortiller rougissante et gênée. Je ne devrais pas en être fier, mais je n'y arrive pas. Elle m'a torturé avec ses petites fesses sans sous-vêtement et son odeur si sucrée. Je n'avais que ça dans les narines ! Et c'est quoi cette histoire de se promener en forêt sans culotte ? Un truc de sorcière à n'en pas douter. *Cela faisait peut-être partie de son sort ? Un mauvais tour pour… pour quoi faire ? M'attirer dans son lit ?*
Je me passe une main sur le visage, de plus en plus perdu.
Je ne comprends pas ce qu'elle attend de moi. Mais quoi qu'elle fasse, c'est certain que cela fonctionne.
Bordel.
Je l'ai laissé me monter comme un petit poney bien docile.
Il a suffi que je vois les plus beaux yeux de la Terre baignés de larmes et c'était fini. Je me suis transformé, couché au sol comme un gentil toutou et elle était sur mon dos. Elle me demanderait de faire le beau, je le ferai !
Elle est diabolique, me dis-je au moment où mon téléphone sonne.
— Oui, je décroche avec humeur.
— Hello à toi aussi, Rayon de soleil, s'amuse mon frère.
— Tu as eu mon message ? je l'interroge.
— Effectivement. C'est quoi cette histoire de sorcière ?
— Lorsque j'ai pris l'avion hier, il y avait une jeune femme à côté de moi.
— Et ?
— Et, je l'ai croisée dans la forêt tout à l'heure.
— Sacrée coïncidence mais de là à penser que c'est une sorcière, je ne suis pas certain.
— Elle me l'a dit.

— Genre elle cueillait des champignons et elle t'a annoncé qu'elle était une sorcière ?
— Non ! je m'écrie avant de grommeler, elle était étrange, je l'ai interrogée et elle a avoué.
— Tu sembles… agacé. Elle est charmante ?
Un sentiment de jalousie m'étouffe tout à coup. Je grogne. Personne ne doit regarder ma Léontine.
Merde. *Bon sang, qu'est-ce qu'il m'arrive ?!*
— À ce point-là ?
Elle est bien trop charmante et surtout ensorcelante.
— Je crois qu'elle m'a jeté un sort, j'avoue avec une grimace tout en tentant de me concentrer sur la route.
Je resserre mon volant, les muscles tendus. Mon loup veut sortir. Je le sens qui gratte sous ma peau avec l'envie de courir retrouver Léontine.
— Comment ça, elle t'a jeté un sort ? Quel genre de sort ?
— Je ne sais pas ! je m'écrie avant de reprendre plus doucement, elle obsède mon loup.
Et moi aussi. Être loin d'elle est une torture, j'ajoute pour moi-même.
— Elle obsède ton loup ?! répète-t-il sceptique.
Silence.
Pourquoi j'ai l'impression qu'il va se foutre de ma gueule ?
— En gros, tu as envie de la sauter ? s'amuse-t-il.
— Ne parle pas d'elle comme ça ! je m'énerve.
— Elle t'a envoûté avec son petit minou ensorcelé ! lance-t-il hilare.
— Va te faire foutre Samuel, je lâche avant de raccrocher.
— Son minou ensorcelé, je répète, excité malgré moi.
Je vais finir avec les couilles bleues si ça continue ! me dis-je lorsque mon portable sonne à nouveau.
— Je suis désolé Alexander, se marre encore mon frère quand je décroche.
Je ne dis rien et attends.
— Tu es toujours avec elle ?

— Non, je l'ai ramenée chez sa tante, et maintenant je rentre.
— Chez sa tante ?!
— Elle était perdue, donc… je l'ai raccompagnée.
Dit comme ça, j'ai l'air con. Il vaut mieux que je garde pour moi le fait qu'elle soit montée sur le dos de mon loup tout à l'heure.
— C'est une blague ?! Elle était perdue dans la forêt et tu t'es dit « tiens si je raccompagnais la sorcière » ?
— Les choses ne se sont pas passées comme ça… Pas exactement, j'ajoute.
— C'est-à-dire ?
— Laisse tomber ! je m'énerve plus contre moi-même qu'envers mon frère.
— Comme tu veux, souffle-t-il. Elle a peut-être le béguin pour toi ou tu as juste très envie de faire connaissance avec son minou ensorcelé, termine-t-il en pouffant à nouveau comme un abruti.
— Sérieux Sam, t'as quel âge ?! je grogne.
— Tu n'es vraiment pas drôle ! se plaint-il.
En réponse, je raccroche.
— Il ne me sert à rien, il est trop con, je râle en me garant devant chez moi.
Je continue de pester en sortant de la voiture et bondis en arrière quand un petit homme en costume rouge apparaît en face de moi.
— Monsieur Alexander Bergström, je suis enchanté de faire votre connaissance, me salue-t-il avec un grand sourire.
Je fronce les sourcils. *Il a des cornes ? Mais qu'est-ce que c'est que ce truc ?!*
Voilà, tu fais entrer une sorcière chez toi, et tu te retrouves avec un type à cornes de la taille d'un gamin de dix ans sur ton perron.
— Je suis Gérard, l'assistant de mademoiselle Gates, se présente-t-il avec toujours la même expression.
— Qui est mademoiselle Gates ? je l'interroge sur mes gardes, tout en réfléchissant à tout ce qui a des cornes.
Un démon ? Un tout petit démon, alors.
— Mademoiselle Gates est La marieuse, monsieur Bergström, me

dit-il en m'observant comme si j'étais un idiot.
Donc Léontine connaît bien La Marieuse et l'a contactée pour moi...
Je ne saurais dire pourquoi je suis déçu. Pourtant, c'est ce que je lui ai demandé de faire et mon clan a besoin que je me trouve une femme avant la prochaine lune. Mais, le fait est que je suis déçu.
Parce que tu ne pourras pas avoir Léontine, me murmure une petite voix dans ma tête.
Mais dans tous les cas, je n'aurais pas pu avoir Léontine.
Léontine est une sorcière, je me répète une nouvelle fois, espérant que mon cerveau cesse de penser à elle en continu.
— Mademoiselle Gates vous invite, vous, ainsi que votre grand-père, en sa demeure pour un dîner en toute simplicité demain soir à 19 heures, m'annonce-t-il en me tendant une petite enveloppe couleur crème.
— Merci beaucoup, mais mon grand-père ne sera pas présent, dis-je en attrapant l'enveloppe, les sourcils froncés.
Un téléphone apparaît dans sa petite main et il me sort en pianotant :
— Je peux vous proposer mardi prochain.
— Je viendrai seul demain soir, je répète plus durement.
Il est hors de question que je traîne mon grand-père mourant chez une sorcière !
De plus, en tant que futur chef de clan, je ne vois pas en quoi sa présence est requise.
— Je suis désolé, mais mademoiselle Gates insiste pour que votre grand-père soit présent.
— Et moi, j'insiste pour qu'il ne le soit pas, je réponds fermement.
Le dénommé Gérard me sourit, puis disparaît.
Je renifle à sa recherche mais ne le trouve pas. Il est parti. *Dois-je en conclure que le dîner est annulé ?*
Ce serait mieux, cela me donnerait une excuse pour revoir Léontine.
Je jette un coup d'œil à l'enveloppe et soupire.
Arrête de penser à la jolie blonde, je me renfrogne en sortant une petite carte de l'enveloppe. Je fronce les sourcils. Il n'y a bien que des sorcières pour faire des invitations sur un carton blanc avec une

dorure.
Ça n'annonce pas vraiment un dîner en toute simplicité ce genre de chose, me dis-je en tournant et retournant le carton.

Mademoiselle Gates vous invite en sa demeure pour un dîner en toute simplicité...

— C'est l'adresse de la tante de Léontine ! je m'exclame avant de sursauter quand le petit bonhomme au costume rouge réapparait.
— Mesdemoiselles Gates et Marceau vous remercient pour votre invitation et seront présentes ce soir chez votre grand-père à 19 heures, m'annonce-t-il.
— Mais je n'ai inv...
Je n'ai pas le temps de terminer ma phrase qu'il a déjà disparu.
Et merde !
Je cherche un numéro de téléphone sur le carton d'invitation mais n'en trouve pas. J'attrape mon portable et compose celui de Léontine.
Pas de réponse.
Évidemment !
Je tape rapidement un message : « *C'est quoi cette histoire de dîner ?* ».
J'attends.
Rien.
Et remerde !
Comment vais-je expliquer à mon grand-père que des sorcières se sont incrustées chez lui pour dîner ce soir ?!

- 10 -

— C’est une très belle robe, souffle Annabelle avec un grand sourire.
— Elle est très rouge, dis-je en scrutant mon reflet dans le miroir.
Peut-être qu’elle donnera envie à Alexander de me courser dans les bois pour me l’arracher, je songe avant de me renfrogner.
Et au moment fatidique, je lui dirais d’aller se faire voir ! Et il l’aura bien mérité !
— Elle est parfaite pour le diner de ce soir en tout cas, murmure ma tante en lisant un message sur son téléphone avec un demi-sourire.
— Quel dîner ? je l’interroge méfiante.
— Chez un voisin. Le pauvre devait venir à la maison mais il est retenu pour des soucis de santé, m’explique-t-elle.
Je fronce les sourcils, suspicieuse, mais je décide de ne rien dire. Je me suis déjà incrustée chez elle, je ne vais pas refaire son agenda, en plus.
— Tu es certaine qu’elle n’est pas trop habillée ? je demande en caressant le tissu satiné qui moule mon corps à la perfection.
— Ma puce, aucune femme n’est jamais trop habillée, lance-t-elle avec un clin d’œil.
Je lui souris en retour et fronce les sourcils lorsque mes yeux tombent sur un homme d’une trentaine d’années qui m’observe avec attention depuis l’extérieur de la boutique. Il est plutôt bel homme mais je n’apprécie pas des masses que l’on m’espionne. Je me tourne pour lui jeter un regard noir, mais il a déjà disparu.
— Tout va bien ? s’inquiète Annabelle en regardant dans la même direction.
— C’est rien, je marmonne avant de reporter mon attention sur le prix de la robe.
Bon sang, je suffoque ! C’est quoi tous ces chiffres ?

— Je vais la ranger, je souffle, dépitée, à ma tante qui a les yeux perdus toujours dans la même direction.
— Annabelle, je la fais sursauter malgré moi.
— Est-ce que ça va ? je m'inquiète à mon tour.
— Bien sûr ! me répond-elle avec une voix trop aiguë.
— Tu en es sûre ? Tu es un peu pâle.
— J'ai besoin de sucre. Il y a une chocolaterie au coin de la rue que tu vas adorer.
Chocolat !
Je salive déjà, sauf que mon estomac me rappelle que je ne peux pas manger n'importe quoi.
— Ils le font eux-mêmes et tous leurs produits sont naturels.
— Raison de plus pour me dépêcher ! je sors encore plus motivée. Je vais ranger la robe et j'arrive.
— Tu ne la prends pas ?
— Non, je n'ai malheureusement pas le budget, j'avoue un peu gênée.
— Ne t'inquiète pas, je te l'offre !
— Je ne peux pas accepter et en plus je n'ai pas de veste pour aller avec, donc aucun regret.
— J'ai vu une cape de la même couleur, dit-elle en farfouillant dans les rayons.
— Non, je…
Je ne termine pas ma phrase, c'est trop tard, je suis amoureuse. Je caresse la laine fine de la cape et dois me résoudre, je l'adore. Elle irait tellement bien avec cette robe que ce serait criminel de ne pas les prendre ensemble.
— Tu es ma nièce préférée donc laisse-moi te les offrir, souffle-t-elle devant mes yeux brillants d'envie.
— Je suis ta seule nièce !
Je me suis souvent demandé comment ma tante, cette incorrigible romantique, avait fait pour ne jamais se marier ni avoir d'enfant. Comme quoi, c'est vraiment le cordonnier le plus mal chaussé.
— Allez va, le chocolat n'attend pas ! s'exclame-t-elle.

— Merci, je susurre avant d'aller me changer.
Je me déshabille rapidement, remets mon jean et le débardeur pris dans le dressing d'Annabelle et range tous les vêtements sur les cintres. Je sors de la cabine et fronce les sourcils quand j'aperçois à nouveau l'homme qui m'espionnait. Sauf que cette fois-ci ce n'est pas moi qu'il observe, mais ma tante. Comme s'il sentait mes yeux sur lui, il tourne son regard vers moi. Un frisson parcourt mon corps tout entier. Mon rythme cardiaque s'accélère et j'ai l'impression d'être aspiré.
— Léontine !
Je sursaute et constate que ma tante se tient en face de moi le visage crispé. Comme si de rien n'était, elle attrape le tas de vêtements que j'ai dans les mains, le pose sur le plateau devant la caisse. Je regarde à nouveau dans la direction où se trouvait l'homme mais je ne le vois plus. Il a disparu. Sauf que je ne suis pas certaine qu'il était réellement là…
— Qui était-ce ? je murmure.
Pas de réponse Annabelle est déjà prête à partir de la boutique avec les mains chargées de sacs.
— Qui était-ce ? je répète plus fort.
Toujours pas de réponse.
— Annabelle ! je l'interpelle sur le trottoir.
Elle soupire et finit par lâcher aussi innocente que possible :
— De qui tu parles ?
— Grand, châtain, des yeux clairs, un faux air de Bradley Cooper.
— Rien que l'on ne puisse arranger, marmonne-t-elle en reprenant son chemin.
C'est quoi cette réponse de merde ?
— C'est-à-dire ?
— Tu sais les vampires sont des êtres un peu… excessifs, parfois. Mais j'ai la situation bien en main, chantonne-t-elle devant la boutique du chocolatier.
— Un vampire ?! je m'écrie.
Elle me sourit et dit :

— Allons manger du chocolat !
Je la vois entrer dans le magasin, ouvre puis ferme la bouche.
Mais qu'est-ce que c'est que ce bordel, encore ?
Je la rejoins à l'intérieur, bien décidée à avoir plus d'explications.
— Annabelle ? je l'interroge tandis qu'elle s'installe.
Elle lève ses yeux si semblables aux miens et grommelle :
— C'est un client.
— Et pourquoi il nous espionne ?
— Parce que le problème avec les vampires, c'est qu'ils sont impatients et ne comprennent pas qu'ils ne peuvent pas toujours tout avoir immédiatement.
— Je croyais que tu ne faisais pas les vampires ?
— À l'époque, je les prenais, et c'est d'ailleurs depuis ce contrat que je ne fais plus ni vampire ni fées.
— Comment cela ?
Elle balaie ma question avec une moue et un geste de la main, puis elle soupire.
— J'avais trouvé son âme sœur sauf que le jour où j'ai organisé la rencontre, la demoiselle a cru bon de décéder dans un accident de la route.
— Pas de chance.
— Comme tu dis, c'est à ce moment-là d'ailleurs que j'ai ajouté la clause 909 au contrat.
— La marieuse ne peut être tenue pour responsable en cas de mort d'une des deux parties avant ou après union, je marmonne malgré moi.
— Non, ça c'est la 906. La 909 c'est, tout décès d'une des deux parties rend nul et non avenu le présent contrat.
Une hippie aux cheveux gras nous amène une feuille avec le menu et je trépigne déjà de gourmandise.
— Je constate en tout cas que tu as toujours des connaissances, tente Annabelle.
— Étant donné que l'on me rabâche tout ça depuis ma naissance, ce n'est pas illogique !

— Je ne suis pas éternelle et il faudra bien que tu fasses face à tes responsabilités un jour, dit doucement ma tante.
— Et si je ne veux pas ? je l'interroge crispée.
— Tu n'as pas le choix et tu le sais.
— Je n'ai pas le don de toute manière.
— Bien sûr que si, tu ne l'écoutes pas c'est tout.
— Tu sais très bien que c'est faux que…
Que je suis un monstre, je termine pour moi-même.
— Tu es juste particulière mais ça n'enlève rien à ce que tu es.
Je ne dis plus rien et fais mine d'être ultra concentrée par les divers chocolats.
Ce que je suis…

- 11 -

— Tu te donnes bien du mal, je trouve, dit Samuel en tripotant un bâtonnet de carotte.
— Elles viennent dîner et nous ne sommes pas des sauvages, je grogne en arrangeant à nouveau le plateau de crudités.
— Si l'on m'avait dit que tu inviterais des sorcières chez moi, je n'y aurais jamais cru ! s'amuse mon grand-père.
— Je ne les ai pas invitées, je râle.
— Plutôt que de grogner comme un loup mal léché, tu devrais reconnaître qu'au moins nous savons qu'elles viennent en paix. Elles seront sur notre territoire sans arme et en infériorité numérique puisqu'elles ne seront que deux. De plus, tu as fait des recherches sur la fameuse mademoiselle Gates ; cela fait plus de vingt ans qu'elle vit à cinq minutes de chez nous et il n'y a jamais eu aucun problème.
— Je sais, mais je n'ai tout de même pas confiance.
— Parce que tu crois que sa nièce t'a envoûté ? m'interroge-t-il.
Je jette un regard noir à mon idiot de frère. Heureusement que je lui avais demandé de ne pas en parler à notre grand-père pour ne pas l'inquiéter !
— Je ne pense pas que sa nièce t'ait ensorcelé comme tu le dis si bien, dit mon patriarche en allant s'installer dans le fauteuil.
Samuel et moi, nous nous redressons en alerte. Elles arrivent.
— J'ai hâte de voir le minou ensorceleur, s'amuse mon frère.
En réponse, je l'attrape par la gorge et l'avertis :
— Ne parle plus de Léontine comme ça.
Mienne, susurre mon loup.
Je lâche Samuel et jure. Mon loup devient de plus en plus incontrôlable quand il s'agit de la sorcière. Il faut qu'elle retire son sort ce soir.

— J'ai hâte de rencontrer cette petite Léontine, lance mon grand-père tandis qu'elles descendent de la voiture.
Je ne dis rien de plus et vais les accueillir. J'ouvre la porte d'entrée, un courant d'air m'enveloppe de l'odeur de Léontine et je crois défaillir. Je sens l'envie de mon loup de courir vers elle mais je garde le contrôle.
— Le petit chaperon rouge rend visite au grand méchant loup, murmure Samuel à côté de moi.
Je regarde dans la même direction que lui et la vois. Ses cheveux blonds sont retenus en un gros chignon et son magnifique corps est caché par une longue cape rouge sang.
Pourvu qu'elle porte un truc moche et informe dessous, je prie presque en saluant sa tante.
— Mademoiselle Gates, dis-je avec déférence.
— Messieurs, nous lance-t-elle avec un grand sourire qui contraste avec la mine déconfite de Léontine.
Ma belle blonde se contente de hocher la tête. Elle ne semble pas ravie d'être là !
— Vous devez être Léontine, lui dit Samuel en lui tendant la main.
— Effectivement, confirme-t-elle souriant et amorçant un geste pour lui prendre la main.
Sans réfléchir, je pousse mon frère et attrape la main de Léontine à sa place. Sa tante se retient visiblement de rire alors que Léontine me jette des éclairs avec ses yeux violets.
— Et si nous rentrions ? je lance sans pour autant lâcher la petite main de ma sorcière.
Sa tante hoche la tête et suit Samuel à l'intérieur. Mon frère demande la veste à La marieuse qui la retire. Il la plie soigneusement sur la chaise de l'entrée puis se tourne vers Léontine.
Elle tente de me lâcher la main mais je la retiens.
— Je m'en occupe, dis-je plus durement que je ne l'aurais voulu.
Il faut que je me calme. Mais je n'y arrive pas. Je ne vois que mon frère qui tourne autour de Léontine, et pour ne rien arranger mon loup réclame qu'on la marque. Samuel finit par inviter la tante de

Léontine à le suivre au salon. Dès que nous sommes seuls, je dois faire face au regard interrogateur de ma sorcière.
— Est-ce que je peux récupérer ma main ? me demande-t-elle avec une moue adorable.
— Bien sûr, si tu promets de ne pas t'enfuir ! dis-je en la lâchant.
— Je ne compte pas m'enfuir, même si je ne savais pas que le dîner se passerait chez… On est chez qui d'ailleurs ?
— Tu ne savais pas ?
— Ma tante m'a dit que nous étions invitées chez un voisin qui a des problèmes de santé.
— On peut voir mon grand-père comme ça, je souffle tandis qu'elle retire sa cape rouge.
C'est comme un ralenti qui annonce l'apocalypse. Ma respiration devient erratique. La température de la pièce augmente et mes connexions cérébrales ne semblent plus se faire correctement. Je ne vois que son corps. Il y a une robe aussi bien sûr, mais le tissu en satin ne cache en rien chaque courbe délicieuse qui le maintient.
Je finis par voir apparaître dans mon champ de vision un truc en laine et je dois faire appel à tout mon self-control pour ne pas attraper Léontine et m'enfuir dans les bois avec elle.
J'enfonce mes ongles dans les paumes de mes mains et elle finit par ranger elle-même sa cape avec la veste de sa tante. Cela pourrait être bien, sauf que c'est pire, parce qu'elle se tourne, m'offrant par la même occasion une vue incroyable sur ses fesses. Une fois terminé, elle me fait à nouveau face puis croise les bras sur sa poitrine ce qui fait remonter ses magnifiques seins. Elle le fait exprès, c'est pas possible !
— Tu veux tuer mon grand-père ? je chuchote.
Elle frissonne et me scrute sans comprendre.
— Ta robe ! C'est…
Je n'arrive même pas à terminer ma phrase !
— Elle ne te plaît pas ? me taquine-t-elle.
À peine a-t-elle fait un pas sur le côté pour aller dans le salon avec les autres que je la récupère et tire la sorcière contre moi. Je passe le

bout de mon nez le long de sa jugulaire, pose ma main au creux de ses reins et la presse contre ma monumentale érection en murmurant contre son cou :
— Ne te plains pas si je te mords.
Comme pour donner plus de véracité à ma réplique, je mordille le lobe de son oreille.
Bon sang, elle me rend fou…
Elle se recule, plonge ses iris violets dans le bleu de mes yeux et me lance avec son accent français bandant :
— Tu n'es vraiment qu'un abruti de loup-garou. Au cas où tu l'aurais oublié, ma tante est venue pour te chercher une épouse, non pour que tu pelotes sa nièce dans l'entrée. Alors, remballe ton artillerie et si tu as les crocs, je suis certaine que tu trouveras un ou deux lapins à te mettre sous la dent, finit-elle en me laissant là comme un con.
J'avale difficilement ma salive devant le mouvement fluide de ses hanches et de son cul rebondi qui s'éloigne de moi.
Je me passe une main sur le visage en me disant que la soirée ne fait que commencer…
— Ah ! Vous devez être Léontine, la salue chaleureusement mon grand-père dans le salon.
J'inspire une dernière fois et les rejoins.
— Effectivement !
Bon sang, je n'arrive pas à détourner le regard d'elle souriant à mon grand-père. Ils se serrent la main et je me décompose presque lorsqu'il lui sort :
— Alexander a raison, vous êtes ensorcelante.
— Merci beaucoup, souffle-t-elle en rougissant.
— Qu'est-ce qui vous amène vers chez nous ? lui demande-t-il en se réinstallant dans son fauteuil.
Il nous fait signe de nous asseoir et tout le monde s'exécute.
— Rupture difficile, dit-elle, gênée.
Mon regard caresse ses épaules nues, son décolleté et s'arrête sur ses tétons qui pointent dans ma direction. Un frisson me parcourt. *Cette*

femme est...
Je détourne les yeux et décide de me concentrer sur la bouteille de jus de pommes.
— Elle a découvert que son fiancé était gay, je sors en ouvrant une bouteille de jus de fruits bio.
Je vais garder pour moi que j'ai fait plus de quarante kilomètres pour l'acheter par contre.
Je lève les yeux et ai envie de m'enfouir quasiment instantanément sous terre lorsque je croise le regard peiné de Léontine.
De toute évidence, elle ne souhaitait pas que cela s'ébruite !
— Je... oui, effectivement, avoue-t-elle tristement.
Finalement, je devrais peut-être dire que j'ai fait plus de quarante kilomètres pour lui trouver des légumes et du jus sans pesticide.
— Et vous aviez validé cette union ? interroge-t-il sa tante.
Léontine se tortille, mal à l'aise, et je dois me retenir de ne pas la consoler, voire ramper à ses pieds pour lui demander pardon.
Bordel, je suis pathétique !
— Il faut marcher, tomber et se relever avant de savoir courir, dit sa tante avec un sourire.
— Nous avons tous des chagrins d'amour. J'en ai eu également avant de rencontrer ma Marta, finit-il mélancolique.
Ma grand-mère...
Je ne l'ai pas connue puisqu'elle est décédée peu de temps après la naissance de ma mère mais je sais qu'il l'a aimée et qu'il l'aime encore. *Ma petite sorcière romantique dirait probablement que c'était son âme sœur,* me dis-je avec un léger sourire.
— Comment vous êtes-vous rencontrés ? lui demande la tante de Léontine.
— J'étais promis à une autre et je sentais que je faisais une erreur. Pris de panique pour cette vie que je ne souhaitais pas, je me suis transformé et j'ai couru jusqu'à en avoir les pattes en sang. Je me suis retrouvé au bord d'une rivière et je l'ai vue. À l'instant où j'ai croisé son regard, mon loup a su que c'était elle. Mais je ne pouvais pas. Mon union devait sceller un accord pour mon clan et la

promesse faite aux miens était plus forte que tout. Malheureusement, lorsqu'un loup trouve son âme sœur, il ne peut plus l'oublier. Cette magnifique louve était devenue une obsession. J'avais beau essayer de me convaincre que tout cela n'avait pas lieu d'être, je me sentais sombrer dans la folie un peu plus chaque jour.
Il fait une pause et me scrute avec intensité en reprenant son récit :
— Je me suis donc transformé et j'ai laissé mon loup retrouver la femelle qu'il avait choisie. Je savais que si je ne le faisais pas, j'en mourrai.
Je ne peux m'empêcher de jeter un coup d'œil à Léontine. *Mon grand-père essaierait-il de me faire passer un message ?*
— C'est une magnifique histoire, souffle sa tante.
— Vous avez dû en voir quelques-unes ? je lui demande en servant du jus de pommes pour tout le monde.
Samuel fait une grimace mais ne dit rien. Je sais qu'il préférerait avoir une bière, mais je me suis dit que cela mettrait nos hôtes moins mal à l'aise si tout le monde était au régime légumes et jus de fruits.
— Effectivement, s'amuse-t-elle.
— Quelle est votre plus belle histoire ? je l'interroge.
— La prochaine, déclare-t-elle en me regardant avec un grand sourire.
Si c'est à moi qu'elle fait référence, j'ai de sérieux doutes !
— Mesdames, j'espère que vous avez faim car Alexander s'est donné beaucoup de mal en vous préparant tout un assortiment de légumes.
— De légumes, répète la tante de Léontine, surprise.
— Vous n'êtes pas végétalienne ? je sors en jetant un regard à ma petite blonde.
— Si, enfin... pas ma tante, explique ma sorcière, mal à l'aise.
— Je croyais que toutes les sorcières l'étaient.
— Léontine est... commence sa tante.
— Sensible de l'estomac, la coupe-t-elle en se tortillant légèrement dans le canapé.
Sa tante ne dit rien de plus et j'ai comme l'impression que l'on nous

cache des choses.
— Samuel, et si tu allais nous faire un petit truc pour accompagner ces légumes ?
Mon frère ne se le fait pas dire deux fois et court presque jusqu'à la cuisine.
— En attendant, tu veux que je te fasse visiter ? je propose à Léontine.
Elle m'observe surprise.
— Il y a une piscine, j'ajoute avant de me demander pourquoi je lui parle de ça.
Elle lève un sourcil, puis avec une lenteur probablement faite pour me torturer, elle souffle un « oui » du bout de ses lèvres que je rêve de dévorer.
Je bondis presque de mon fauteuil et me maudis mentalement.

Elle se lève à son tour et me suis jusqu'à l'entrée où je l'attends déjà avec sa cape. Elle me la prend des mains et me dit tout bas :
— Tu ne devrais pas plutôt discuter avec ma tante de ta future femme ?
— Mon grand-père semble très bien s'en sortir pour moi, je marmonne, peu désireux de parler de ça avec elle.
— Vous comptez partager ton épouse ? me demande-t-elle en se mordant les lèvres pour ne pas rire.
— Non, je prendrais la femme qui voudra bien de moi, j'avoue.
Peu glorieux, je sais.
— C'est bien de ne pas avoir d'attentes trop élevées. Malgré tout, cette déclaration fait tout de même désespérée !
Parce que je suis un abruti désespéré, je songe tandis qu'elle enfile sa cape. Elle s'approche doucement et me murmure :
— Ne montre pas à ma tante que tu es désespéré ou tu finiras avec une elfe des forêts !
Je grimace à l'idée de me retrouver avec une femme de ma taille, capable de soulever un tronc d'arbre d'une seule main. *Pas vraiment mon style de femme…*

— Tu crois ? je lui demande en plongeant dans ses yeux violets.
— À ta place, je resterais méfiant ! me taquine-t-elle.
— Regarde tous les risques que je suis prêt à courir pour toi *Petite sorcière*, je souffle en me rapprochant dangereusement de sa bouche.
Elle passe le bout de sa langue sur sa lèvre supérieure et je fourre mes mains dans les poches de mon pantalon pour être certain de ne pas lui sauter dessus.
Je passerai ma langue au même endroit quand elle m'appartiendra…
— Tu as changé d'avis, tu ne veux plus me montrer la piscine, me dit-elle, la voix enrouée.
Je me redresse et ouvre la porte d'entrée en gardant pour moi que je me fous de cette piscine.
— Vous passez par devant la maison pour accéder à votre jardin ?
— Il y a un accès derrière, mais en cette saison on peut parfois voir des lucioles en passant par là.
Et c'est le genre de truc qui plaît aux filles, j'ajoute pour moi-même.
— Je n'aime pas trop les lucioles, avoue-t-elle une fois sur le perron.
Ça m'aurait étonné !
— Ah bon ?!
— Les insectes, les crapauds, c'est pas trop mon truc.
— Madame est une citadine, je me moque.
— Madame porte une jolie robe pas donnée et des talons de quinze centimètres ! lance-t-elle en croisant les bras sur sa poitrine.
— Tu es très belle, dis-je très bas en regardant les lattes du plancher élimées.
Silence.
— Tu n'es pas censé faire ça Alexander, souffle-t-elle.
Je lève les yeux et les plante dans les siens.
— Je suis une sorcière.
— Tu m'as jeté un sort ? je l'interroge, à brûle pourpoint.
Elle me scrute d'abord surprise puis vexée.
— Je ne jette pas de sort ! s'écrie-t-elle énervée.
— Tu es une sorcière.

— Je ne suis pas ce genre de sorcière.
— Et quel genre de sorcière es-tu ?
— Je te l'ai dit, je ne pratique pas.
— Pourtant, je suis persuadé que tu m'as ensorcelé.
— Tu es sérieux ?! s'exclame-t-elle.
— Je t'ai envoyé un texto et j'ai attendu comme un idiot toute la journée que tu me répondes !
— Je ne vois pas trop le rapport entre le fait que je ne réponde pas et que je t'aurais ensorcelé.
Je soupire et me fige.
— Rentre, je grogne.
Nous ne sommes pas seuls.
— Qu'est-ce qu'il se passe ?
— Rentre ! je lui ordonne plus durement tandis que Samuel, mon grand-père et sa tante nous rejoignent.
Putain comment ils ont su ?
— Il ne me semble pas vous avoir invités, je lance par-delà l'obscurité.
Julius apparaît, suivi de quatre loups de son clan.
— Donc c'est vrai ? Vous fréquentez des sorcières ? demande-t-il en me jetant un coup d'œil mauvais.
La tante de Léontine s'avance et dit sur un ton apaisant :
— Nous ne voulons aucun problème, il ne s'agit que d'une visite de voisinage.
— Une visite de voisinage ! se moque mon cousin.
— Julius part, je l'avertis.
Même en infériorité numérique Samuel et moi sommes assez forts pour venir à bout de lui ainsi que de sa bande et il le sait. *Donc à quoi joue-t-il ?*
— Quel genre de chef est désespéré au point de faire appel à des sorcières pour lui trouver des femelles !
— Quel genre de chef refuserait une alliance avec des sorcières ? je sors sûr de moi.
— Tu veux t'allier avec une femme qui selon toi t'a ensorcelé ? Tu

n'as même pas en confiance en elles, mais tu es prêt à les défendre. Ce sont des sorcières !
Je jette un coup d'œil à Léontine qui semble plus blasée que terrifiée. Par contre, ce n'est pas le cas de sa tante. Elle tremble et n'arrête pas de jeter des regards à Samuel.
— Nous partons, lâche ma sorcière résolue.
Sa tante scrute tristement le sol, ferme les yeux et lorsqu'elle les rouvre, je vois le bras de Samuel se transformer. Je me positionne devant elle mais constate avec effroi que ce n'était pas elle qu'il visait, mais mon grand-père. Je crie au moment où le bras de mon frère traverse l'abdomen de celui qui a été tout pour nous après le décès de ma mère. Mon grand-père s'effondre au sol. Je me précipite vers lui, mais c'est trop tard.
— Qu'as-tu fait ? je demande à mon frère en soutenant le corps sans vie de mon grand-père.
— Ce qui devait être fait. Tu ne peux pas devenir le chef et tu le sais. Julius nous offre la liberté et une bonne place dans sa meute en échange de notre loyauté, dit mon frère, les griffes en sang.
Les larmes aux yeux, je le scrute en secouant légèrement la tête.
— Tu t'es fait manipuler Samuel, je lui murmure, le cœur en miettes.
Mon grand-père ne devait pas mourir de cette façon. Il devait partir serein dans son lit avec la photo de ma grand-mère dans ses mains. Pas tué par les griffes de celui qu'il traitait comme son fils.
— Ne fais pas d'histoire Alexander et rends-toi, me dit tristement Samuel.
Je secoue la tête. Je ne peux pas faire ça. Julius va le tuer, me tuer, tuer quiconque se mettra au travers de son chemin.
— Sam, tue la sorcière, lui ordonne mon cousin.
Sans même prendre le temps de réfléchir, je vois mon frère se transformer, prêt à attaquer la tante de Léontine. À peine a-t-il les pattes au sol que celle-ci disparaît.
Samuel reste coi une seconde puis décide de s'en prendre à Léontine. Je me transforme à mon tour et me positionne devant ma sorcière en grognant. Je ne le laisserais pas toucher à un cheveu de Léontine.

Même si je dois en perdre la vie.
— Laisse tomber Alexander, tu es seul contre tous. Soit ton frère te tue, soit ce sera nous. Rends-toi sagement sorcière, et je te tuerai rapidement.
Un frisson parcourt mon échine tandis que l'air se met à vibrer étrangement autour de nous. C'est comme si tout autour de nous murmurait de fuir un danger imminent bien pire que ce que nous pourrions imaginer dans nos pires cauchemars.
— Vous savez ce que l'on va faire ? Vous partez gentiment et vous aurez la vie sauve, dit Léontine avec une tranquillité que je ne lui connais pas.
Le vent se met à tourbillonner autour de nous et mon rythme cardiaque s'accélère tandis que la sensation de danger se fait encore plus sentir.
— Samuel, va retrouver tes copains, murmure-t-elle à mon frère.
Il semble hésiter, grogne puis détale presque pour se coucher à côté de Julius au moment où les arbres émettent un son lugubre.
— Tu ne me fais pas peur Sorcière ! clame Julius.
— Vraiment ? demande-t-elle tandis que le vent autour de nous tournoie plus fort.
Julius fait un pas puis se fige. Il hésite et je le comprends, même moi je ne sais pas de quoi est capable Léontine. Je sursaute presque quand je sens sa main appuyer sur mon arrière-train comme si elle voulait que je m'allonge. Dans le doute, je m'exécute. Elle m'enjambe et s'installe doucement sur mon dos. Le vent s'accélère encore autour de Julius et de sa meute, créant une sorte de tourbillon de feuilles et de branches.
— Tu te souviens de l'orage ? me demande-t-elle tout bas au creux de mon oreille.
— Eh bien tu vas devoir courir encore plus vite dans quelques secondes, ajoute-t-elle.
Je me relève et dès que le vent s'arrête, je m'élance à travers la meute de Julius. Je leur passe sous le nez et cours aussi vite que possible avec Léontine sur le dos. Les loups ne mettent pas

longtemps à réagir et je les sens déjà nous talonner. Ma sorcière resserre sa prise autour de mon cou et marmonne des choses que je ne comprends pas. Un des loups tente de nous doubler par la droite mais un coup de vent le projette violemment contre un arbre avant qu'il ne nous atteigne. Je gronde en voyant la falaise, je n'arriverai jamais à sauter par-dessus. Nous sommes perdus.
— Accélère, on va voler ! s'écrie-t-elle.
Le vent me pousse.
— Plus vite, Alexander ! crie-t-elle tandis que le vent gronde presque dans mes oreilles.
Putain, je ne peux pas sauter ça, je vais nous tuer...
— Arrête de râler et prépare-toi à voler !
Comment elle sait que je râle ? je m'interroge en poussant au bout de mes possibilités.
Elle lâche mon cou, lève les mains vers le ciel. Le vent s'accélère et à l'instant où je m'apprête à sauter, une énorme bourrasque nous soulève au-dessus du vide. Je ne prends pas le temps d'admirer l'instant car nous arrivons déjà de l'autre côté de la falaise.
Bordel, on arrive trop vite de l'autre côté, me dis-je en voyant le sol se rapprocher à une vitesse folle.
Je prie pour que Léontine me maintienne bien mais au moment où la bourrasque s'arrête, on s'écrase violemment de l'autre côté du ravin. Léontine roule plus loin dans la chute. Je me lève pour aller la voir. Je la retrouve allongée par terre avec une grimace. Je me retransforme et cours vers elle.
— Tu t'es fait mal? je lui demande en tombant à genoux à côté d'elle et la scrutant sous toutes les coutures.
Je passe mes mains sur son front, dans ses cheveux défaits, sur ses bras...
— Je viens de te faire voler au-dessus du vide et tu t'inquiètes de savoir si je me suis fait mal ?! s'exclame-t-elle en tentant de ne pas regarder mon pénis.
— Tu as fait une sacrée chute !
— En réalité non... enfin un peu. Mais je suis tombée sur les fesses

donc je vais rester un peu sans bouger. Et toi, ça va ?
Je soupire et m'assois à côté d'elle.
— Mon frère vient de tuer mon grand-père. Une sorcière a grimpé sur mon dos et nous avons fait un remake d'E.T, donc pas vraiment.
— Je suis désolée pour ton grand-père, dit-elle tout bas.
— Ta tante a disparu aussi.
— Je ne la savais pas capable de faire ça, marmonne-t-elle songeuse.
— Vraiment ?
— Non, je croyais que… chaque sorcière est différente et je ne savais pas que ma tante pouvait se téléporter.
— Donc toi, tu ne sais pas te téléporter ?
— Non, mais je sais faire voler des loups ! s'exclame-t-elle avec un sourire fier.
— J'avoue que c'était très impressionnant, les mini-tornades et tout ça.
— Tu ne me trouves pas bizarre ?
— Tu es une sorcière, donc bizarre par définition, je lui rappelle.
Silence.
Je regarde de l'autre côté de la falaise et vois Julius et sa bande qui nous observe. Ils ne vont pas tarder à venir nous chercher.
— Léontine, il va falloir que l'on bouge.
— Je… ne peux pas, dit-elle avec une grimace.
— Tu as si mal aux fesses que ça ?
— Je ne m'étais pas servie de mes pouvoirs depuis très longtemps et… je ne peux plus bouger.
Je ne dis rien, me lève et la prends dans mes bras. Elle cale sa tête contre mon torse et je resserre mon étreinte.
— Repose-toi ma petite sorcière, je lui murmure en commençant à marcher.
Quelque chose me dit que ce n'est que le début de l'aventure…
— Tu ne veux pas mettre ma cape ?
— Euh… non.
— Il ne faudrait pas que tu attrapes froid, insiste-t-elle.
— C'est une cape de fille et je suis un loup-garou blanc, je ne crains

pas le froid.
— Certes, mais là tu es tout de même très nu !
— Je croyais que tu me trouvais « Sexy voire carrément torride » ?
— Arrête avec cette histoire, râle-t-elle.
Je confirme, ce n'est que le début et ma sorcière ne va pas me faciliter les choses !

À suivre…

Vous avez aimé Crocs et sortilèges ?

N'hésitez pas à laisser un commentaire ou même à venir me donner votre ressenti sur ma page Facebook : *https://www.facebook.com/louisameonis*

En attendant de découvrir la suite des aventures de Léontine et Alexander, vous pouvez découvrir mes autres titres déjà disponibles :

<u>La mort me va si bien, série Betty Angel (disponible papier et numérique) :</u>

« Bon sang, je vais rester petite et boulotte pour l'éternité ! J'ai vraiment un karma de merde !»
Moi, c'est Betty. J'ai passé ma vie à jouer la bonne poire dont tout le monde profitait, pour finir noyée dans mes toilettes... Ma mort est aussi naze que l'était mon existence.
Et comme si ça ne suffisait pas, je me retrouve catapultée dans une série d'épreuves terrifiantes pour devenir l'apprentie du bien trop sexy pour être honnête Ange de la Mort !
Il y a erreur sur la personne, ce n'est pas possible ! Il est où mon repos éternel ?
Le moins que l'on puisse dire c'est que j'imaginais la vie après la mort plus paisible que ça. Sans compter que des anges disparaissent de manière inexpliquée... C'est quoi encore cette histoire ?!
Est-ce qu'un ange peut « mourir » ? Et pourquoi ai-je l'horrible pressentiment que ces disparitions ont un lien avec moi ?

<u>Lola petite, grosse et exhibitionniste (disponible papier et numérique) :</u>

Moi, c'est Lola. Petite (pas tant que ça). Grosse (no comment). Et exhibitionniste (mais jamais exprès !).

Auteur de romans érotiques la nuit et, le jour, assistante d'une chef aussi tyrannique que botoxée pour une grosse boîte new-yorkaise : jusque-là, je ne m'en sortais pas trop mal – enfin, si on oublie le désert de ma vie sentimentale qui se résumait à de ponctuels tête-à-tête romantiques avec Jeannot-le-vibro.
Mais il a fallu que mon P-DG décède (l'égoïste !) et que son fils débarque dans nos bureaux pour le remplacer. Joseph Hamlish n'est plus, vive Jérémy Hamlish ! Alias M. l'héritier-et-fier-de-l'être, alias M. JE SUIS UN DIEU VIVANT – ou « gare à vos culottes » pour les intimes.
Et c'est là que tout s'est compliqué. Parce que moi, j'ai beau être une fille bien sous tous rapports, le jour où je me suis retrouvée dans un ascenseur avec l'incarnation de mes fantasmes, forcément, j'ai dépassé les bornes. Et le pire c'est qu'aujourd'hui, je n'ai qu'une envie : recommencer.

« Avec une histoire rythmée, sans temps mort, l'auteur réussit à lier fraîcheur et humour, le tout sans prise de tête. » Libraire du Carrefour Epernay

Samantha – Serial looseuse (disponible papier et numérique) :

Moi, c'est Samantha, et ma vie, c'est pire que le rayon chocolat la veille de Noël. Avant je m'ennuyais. Avant, j'étais seule. Avant, je rêvais d'une vie sexy et trépidante de super héroïne forte-à-l'extérieur-mais-fragile-à-l'intérieur. En fait, j'étais complètement stupide. Car maintenant, mes souhaits ont été exaucés, et c'est un sacré bordel. La grande disette sentimentale est enfin terminée mais il se trouve que mon nouveau mec est un peu… bizarre. Du genre à avoir des petites manies étranges qui me font demander s'il ne découperait pas des gens à la hache au lieu de colorier des mandalas pour se détendre. Mais c'est aussi un dieu du sexe et mon nouveau distributeur à orgasmes. Alors, bon, hein, après tout, personne n'est parfait, non ?

Avant, j'étais un salaud (disponible papier et numérique) :

On l'appelle Monsieur M. Monsieur M. est beau, riche, puissant et adulé. Et c'est le pire enfoiré du monde.Mais le décès de son père – qu'il détestait – va lui révéler l'existence d'un petit frère, Jacob. Un petit frère qui n'est pas tout à fait comme les autres et dont l'innocence et la simplicité vont l'emmener dans un tout autre monde. Celui de la vraie vie. Un monde où les sentiments existent et sont protégés comme les magnifiques trésors qu'ils sont. Le monde où Monsieur M. pourra peut-être devenir Monsieur Aime.

Et bien d'autres…

Printed in Great Britain
by Amazon

40424187R00064